LIEBESCHAOS

ZUM

VALENTINSTAG

LIEBESCHAOS

ZUM

VALENTINSTAG

ELLA WÜNSCHE

Auflage 1 | Januar 2015

© Ella Wünsche 2015
www.ella-wuensche.de

Herstellung und Verlag:
BoD – Books on Demand, Norderstedt
ISBN 9783734759420

Lektorat: Christiane Kathmann, www.lektorat-kathmann.de
Dramaturgische Begleitung: Santiago Campillo-Lundbeck
Covergestaltung & Satz: Daniel Morawek
Bildquellen: shutterstock.com / images72
Titelschrift: Subway Novella, www.kcfonts.com

KAPITEL 1

In der weißen Unterwäsche fand sie sich selbst zum Anbeißen. Beim Anziehen des Mieders half ihr zum Glück die Verkäuferin. Dann schlüpfte sie in das eierschalenfarbene Hochzeitskleid. Die Verkäuferin zog ihr die Schuhe an. Becky atmete tief durch. Es war atemberaubend. Doch die Krönung war der Schleier.

»Und?«, fragte die Verkäuferin.

Beckys strahlendes Lächeln sagte alles.

»Sie werden eine wunderschöne Braut sein«, sagte die Verkäuferin.

Becky sah sich im Spiegel an und drehte sich in alle Richtungen, um den Moment so lange wie möglich auszukosten. Dann holte sie ihr Telefon aus der Tasche.

»Wären Sie so nett und würden ein Foto machen? Ich muss mit meinen Freundinnen besprechen, welches es werden soll.«

»Natürlich. Sie werden darin die schönste Braut sein.«

Becky lächelte.

Kaum hatte die Verkäuferin sie fotografiert, klingelte das Handy. Hastig nahm sie es an sich.

»Silber? Äh, ja. Nein, ich bin nicht im Büro ... Was?«, zischte sie.

Die Verkäuferin schaute sie irritiert an.

»Rühren Sie sich nicht von der Stelle. Ich komme gleich.«

Sie legte auf. Dann wandte sie sich an die Verkäuferin: »Ich muss leider los. Ich melde mich bei Ihnen.«

»Aber natürlich. Wann ist denn der Hochzeitstermin?«, fragte diese.

»Im Sommer«, behauptete Becky.

»Na, dann haben Sie noch ein bisschen Zeit.«

Becky nickte und begann hastig das Kleid auszuziehen.

»Tja, die Arbeit ruft«, meinte sie entschuldigend. Dann schlüpfte sie schnell in ihre Hose, die Bluse und das Jackett und eilte hinaus. Auf der Straße lief sie zu ihrem kleinen Fiat. Zu allem Überfluss hatte sie einen Strafzettel kassiert. Verärgert pflückte sie ihn von der Windschutzscheibe, setzte sich ans Steuer, wählte die Nummer des Vertriebs und fuhr los.

Becky hielt sich nicht mit langen Vorreden auf: »Wie kann es sein, dass die Kunden sich beim Chef über die Qualität beschweren? Ist Ihnen bewusst, was das für Folgen haben kann? ... Das hoffe ich.«

An der ersten roten Ampel nutzte sie die Gelegenheit, sich noch einmal das Foto von sich im Brautkleid anzusehen. Ein kleines Lächeln umspielte ihre Lippen.

»Du würdest wirklich eine schöne Braut abgeben«, sagte sie zu sich selbst.

Dann rief sie die Personalabteilung an und erkundigte sich, wann die nächsten Bewerber für die Ausbildungsstelle kommen würden. Vor dem Bürogebäude fuhr sie zielstrebig auf den Parkplatz mit dem großen Schild *Geschäftsleitung* zu. Wenn der Chef nicht da war, durfte sie dort parken – ein großes Geschenk, wenn man bedachte, wie schwer es war, in der Stadt einen Parkplatz zu bekommen. Plötzlich kam direkt vor ihr ein alter Saab um die Ecke geschossen, der offensichtlich auch dort parken wollte. Bestimmt einer dieser Studenten, die immer auf den Firmenparkplätzen parkten. Die hatten auch keinen Respekt vor dem Schild Geschäftsleitung. Unverschämtheit!

Dem werde ich es zeigen, dachte Becky. In einem Seminar hatte sie gelernt, dass es manchmal gut war, direkt zu sein.

Das würde sie machen, denn noch einen Strafzettel wollte sie nicht kassieren. Becky gab Gas und schaffte es, an dem Saab-Fahrer vorbeizuziehen, der erschrocken abbremste. Sie stieg aus und ging zu dem verdutzten Fahrer.

»Hey, kannst du nicht lesen? *Geschäftsleitung*«, fuhr sie ihn an.

Der Saab-Fahrer, ein blonder Typ um die Vierzig, schaute sie entgeistert an, reagierte aber schnell und fragte: »Seit wann fährt die Geschäftsführung einen Fiat?«

Das musste Becky sich von einem arroganten Saab-Fahrer nicht gefallen lassen. Sie zeigte ihm den Mittelfinger.

»Du glaubst es nicht, Martina«, sagte sie zu der Empfangsdame, als sie ins Gebäude trat. »Irgendein Trottel wollte tatsächlich auf dem Parkplatz vom Chef parken.«

Martina jedoch sah starr an ihr vorbei.

»Was ist denn?«, fragte Becky irritiert.

»Der Trottel bin ich«, erwiderte eine Stimme hinter ihr.

Becky drehte sich um und blickte direkt in die Augen des Saab-Fahrers. Dieser war groß, sehr groß sogar, mit breiten Schultern und kurzem lockigen Haar. Er trug ein Hemd, aber keine Krawatte.

Ist das etwa ein Kunde?, fragte sich Becky entsetzt. *War mein Mundwerk zu schnell?*

Aber sie kannte doch alle Kunden. Es konnte also nur ein Bewerber sein. Dann war es nicht so schlimm und der Typ hatte seine Chance auf den Ausbildungsplatz sowieso vertan.

Die Empfangsdame war schon länger im Unternehmen als Becky und kannte den Mann offensichtlich: »Guten Tag, Herr Steinfels, Ihr Bruder kommt gleich.«

»Herr Steinfels?«, hauchte Becky erschrocken.

Sie wurde blass. Sie hatte gerade den Sohn des Chefs beschimpft und ihm den Mittelfinger gezeigt! Wenn das der Senior erfuhr! Welch ein peinliches Verhalten für seine engste Mitarbeiterin!

Über den ältesten Sohn wurde nie viel gesprochen, Becky wusste als Assistentin des Chefs nicht einmal seinen Vornamen. Bisher hatte sie immer gedacht, dass er sich nicht sonderlich für das Familienunternehmen interessierte. Was machte er auf einmal hier?

In diesem Moment kam der jüngere Steinfels-Sohn Stefano ins Foyer, das war ihre Rettung. Sicherlich würde er seinen Bruder beschwichtigen, wenn dieser die Parkplatzsache erwähnte. Und vor allem würde er es nicht herumerzählen.

Stefano sah ganz anders aus als sein Bruder. Er war deutlich kleiner, gut gebaut, hatte dunkle Augen und schwarzes Haar. Bei ihm hatten sich die italienischen Gene seiner Mutter stark durchgesetzt. Sein älterer Bruder hingegen sah überhaupt nicht wie ein temperamentvoller Südländer aus, sondern kam nach seinem deutschen Vater.

Stefano begrüßte Becky flüchtig, wie er es vor anderen Leuten immer tat. Sie bekam keinen Ton heraus. Sein Bruder schaute sie an und lächelte jetzt. Vielleicht würde er ja doch keine Szene machen. Dann begrüßten sich die beiden Brüder per Handschlag und verließen gemeinsam das Foyer. Becky schaffte es mit Mühe, mit erhobenem Haupt in ihr Büro zu stolzieren, das genau neben dem des Chefs lag.

Für den Nachmittag berief sie eine Besprechung mit dem Marketing-Team ein. Mit dabei war natürlich Stefano Steinfels, der jüngere Sohn des Firmenchefs und Marketingleiter.

»Wird Vater eigentlich eines Tages wieder an den Marketing-Besprechungen teilnehmen?«, fragte Stefano.

»Herr Steinfels senior ist heute nicht im Haus. Aber Sie wissen ja, dass der Chef diesen Verantwortungsbereich bis auf Weiteres in meine Hände gelegt hat«, sagte Becky.

Stefano sah sie ernst an.

»Es geht um die Problematik mit der Messe-Broschüre«, erklärte Becky. »Der Vertrieb wartet bereits händeringend darauf.«

»Die Kollegen mischen sich ständig in unsere Arbeit ein«, fiel ihr Jens, ein Produktmanager, ins Wort.

Sie hörte ihm aufmerksam zu, während er darüber klagte, wie intrigant die Vertriebskollegen seien.

»Das Problem ist doch ein ganz anderes. Mein Vater hat einfach zu lange selbst im Vertrieb gearbeitet und ich finde, dass die Wichtigkeit unserer Abteilung nicht anerkannt wird«, warf Stefano ein.

Alle nickten, außer Becky. »Ich würde sagen, dass das für diese Besprechung keine Relevanz hat.«

»Ist das Ihre Meinung oder die von Herrn Steinfels?«

Becky sah ihn mit ernster Miene an. »Meine.«

»Hm«, erwiderte Stefano nur.

»Die Messe findet in drei Wochen statt und die Broschüre muss erst noch abgenommen werden, bevor sie in den Druck gehen kann«, sagte Becky. »Was haben Sie denn für Ideen für den Text?«

»Wie immer«, antwortete Stefano. »Wir schildern alle technischen Details unserer neuen Dampfkessel-Generation und arbeiten vor allem heraus, wie sich die Wirtschaftlichkeit der neuen Modelle verbessert hat.«

Becky runzelte die Stirn. Sie konnte verstehen, dass Steinfels senior kein Interesse an Diskussionen mit seinem Sohn hatte. Irgendwie kam sie sich wie eine Kindergärtnerin vor.

»Ich finde, wir könnten mal etwas Neues machen und uns auf unsere Traditionen besinnen«, warf Günther ein. »Wir stehen doch für Erfindergeist. Vielleicht sollten wir den Firmengründer porträtieren. Zeigen, wie ein einfacher Mann mit großen Visionen die Dampfmaschinen-Welt revolutioniert hat. Was meinst du, Stefano? Dein Großvater hätte doch bestimmt Spaß an einem Porträt.«

Stefano winkte ab. »Der Alte macht nur das, was er will. Auf einen solchen Vorschlag von mir wird er bestimmt nicht eingehen.«

So ging es noch eine halbe Stunde hin und her. Auf alles, was Becky vorschlug, kam eine ironische Infragestellung von Stefano Steinfels.

»Das führt uns jetzt nur in eine Sackgasse. Stefano, ich schlage vor, wir besprechen diese Fragen im Anschluss. Falls Sie Zeit haben.«

Er schaute auf sein Smartphone.

»Dreißig Minuten könnte ich mir noch aus den Rippen schneiden.«

»Dann ist die Besprechung beendet«, erklärte Becky schroff.

»Und was haben wir jetzt besprochen?«, fragte Jens irritiert.

»Dass nach Ansicht von Herrn Steinfels die Vergangenheit seines Großvaters für alle Probleme hinhalten soll«, sagte Becky.

Alle Anwesenden außer Stefano kicherten.

»Im Ernst, ich werde die Thematik noch einmal mit Stefano und Herrn Steinfels besprechen«, erklärte Becky und verabschiedete die anderen.

Als alle draußen waren, schloss sie die Tür.

»Was sollte das denn bitte?«, fragte sie.

»Was denn?«, fragte er zurück. Dann kam er auf sie zu und begann sie zu küssen.

»Spinnst du?«

Er nickte. »Du machst mich so unglaublich an, wenn du die Chefin spielst.«

Er küsste sie weiter und sie leistete keinen Widerstand.

»Wann kommt mein Vater?«, fragte er und führte sie durch die Zwischentür, die zum Chefbüro führte.

»Heute nicht mehr. Aber ich bin gar nicht in der Verfassung. Ich hab vorhin deinem Bruder den Parkplatz geklaut und ihm den Mittelfinger gezeigt«, erklärte Becky.

Stefano lachte und schaute sie an. »Hast du das wirklich getan?«

Sie nickte schuldbewusst.

»Jetzt liebe ich dich umso mehr«, wisperte Stefano. »Der ist so arrogant, da hat er bekommen, was er verdient.«

Stefano schloss die Tür hinter ihnen. Dann küsste er sie noch stürmischer.

Becky wand sich: »Aber er hasst mich.«

»Quatsch.«

»Doch! Und was ist, wenn er es deinem Vater erzählt?«

»Papa kann ohne dich nichts machen. Mach dir keine Gedanken.«

»Was macht dein Bruder überhaupt hier?«

»Ach, der ist auf der Durchreise und wollte sich mal blicken lassen. Ist aber schon wieder weitergezogen.« Stefano machte eine wegwerfende Handbewegung. Dann sagte er: »Du machst mich gerade ganz wild.« Er knöpfte bereits ihre Bluse auf. »Diese Unterwäsche. Grrr.«

Er ahmte einen Löwen nach.

»Was ist, wenn jemand hereinkommt?«, fragte sie.

»Es kommt niemand herein, ich habe abgeschlossen.«

Becky rüttelte sicherheitshalber an der Tür. Dann ging sie auf Stefano zu und küsste ihn. Er schob die Unterlagen vom Tisch und legte sie darauf, dann knöpfte er ihre Bluse weiter auf. Doch sie stoppte ihn.

»Nicht auf dem Schreibtisch deines Vaters, das finde ich geschmacklos.«

»Na gut.«

Er dirigierte sie zum Ledersessel. Doch auch hier wehrte sich Becky.

»Nee, da sitzt er so gerne.«

»Viel mehr Auswahl gibt es hier aber nicht«, erwiderte er genervt.

Sie lächelte und zog ihn auf den Boden und sie liebten sich auf dem Teppich im Büro ihres Chefs und seines Vaters. Irgendwann klingelte das Telefon. Becky sprang auf und begann ihre Kleidungsstücke zu suchen.

»Du kannst ohne Kleidung dran gehen, es kann dich keiner sehen«, meinte Stefano belustigt.

»Ich weiß, aber trotzdem.«

Hastig streifte sie ihre Bluse über und nahm ab.

»Büro von Herrn Dr. Steinfels, Silber, guten Tag.«

Währenddessen begann er, ihre Zehen zu küssen.

»Hör auf«, zischte sie und hielt den Hörer zu. »Äh, nein, ich habe nicht Sie gemeint. Hm. Er ist morgen früh wieder da. Hm. Ja, das mache ich. Auf Wiederhören.« Sie legte auf. »Stefano, jetzt hör auf, ich muss zurück an meinen Platz. Außerdem kann jederzeit jemand hereinkommen.«

»Du bist aber so zum Anbeißen. Wie kann ich da aufhören?«, fragte er und küsste sie weiter.

Sie musste schmunzeln.

»Ach komm, ich muss zurück«, sagte sie, allerdings nicht mehr so entschieden wie zuvor.

Doch das erneute Klingeln des Telefons holte sie in die raue Realität des Büros zurück. Becky zog sich ihre Schuhe an und versuchte die Haare zu richten, dann sah sie auf das Display.

»Nur die Buchhaltung. Die rufe ich zurück. So, ich gehe zuerst raus und gucke, ob die Luft rein ist«, sagte sie bestimmt.

»Jawohl«, entgegnete er knapp.

In ihrem Büro schaute sie noch einmal in den Spiegel, prüfte ihre Frisur und zupfte an der Bluse. Als sie sich an ihren Schreibtisch gesetzt hatte, rief sie die Buchhaltung an.

»Hallo, Becky hier. Ihr hattet angerufen?«

Während sie telefonierte, kam Stefano aus dem Büro. Er gab ihr ein Küsschen und wollte gehen, doch sie gab ihm ein Zeichen, noch zu warten. Nachdem sie ihr Gespräch beendet hatte, fragte sie: »Und wann outen wir uns mal offiziell als Paar?«

»So ist es doch viel spannender.«

»Na ja«, antwortete sie. »Ich wäre aber gerne deine offizielle Freundin und nicht nur die Büroschlampe.«

»Rede nicht so von meiner Freundin ... du bist meine Traumfrau.«

»Ach ja, und wann sagen wir es deinen Eltern?«

Er verdrehte die Augen.

»Dieses Thema schon wieder!«

»Wie meinst du das?«

»Du weißt doch, was das Problem ist.«

»Deine Mutter«, sagte sie mit einem Seufzer.

»Si, Amore. Wir sind doch noch so jung und haben Zeit.«

Sie senkte ihren Blick. »Wir sind über ein halbes Jahr zusammen.«

Und eines Tages wollte sie wirklich ein Hochzeitskleid kaufen – nicht immer nur zur Entspannung eines anprobieren. Wenn das so weiter ging, gab es bald im Umkreis von hundert Kilometern keinen Brautladen mehr, den sie betreten konnte.

»Das wird schon. Ich muss Mamma langsam vorbereiten. Du weißt doch, sie möchte am liebsten eine italienische Schwiegertochter. Ich werde es ihr schon noch sagen. Das Wichtigste ist doch, was zwischen uns ist, zum Beispiel vorhin. Grrr«, sagte er und setzte an, sie wieder zu küssen.

Becky schob ihn von sich weg.

»Du hast mich bereits an Weihnachten vertröstet.«

»Das wäre wirklich zu viel gewesen, gleich bei so einem wichtigen Familienfest mit der Tür ins Haus zu fallen ...«

»Bald ist der Geburtstag deines Großvaters«, sagte sie. »Da kommt eure ganze Familie zusammen.«

»Mann, bist du gut informiert«, antwortete Stefano mit einem gespielten Lächeln.

»Dein Vater vertraut mir eben bei der Organisation seiner Termine ...« Sie zuckte mit den Achseln.

»Ein ganzes Wochenende mit der Sippe«, sagte Stefano. »Das kann heiter werden.«

»Nimm mich mit zu der Feier und stelle mich deiner Mutter vor.«

»Dir ist das wirklich wichtig, was? Na gut, ich schau mal, was ich machen kann.«

In diesem Moment klingelte sein Handy.

»Oh, wenn man vom Teufel spricht«, sagte er leise und nahm den Anruf an. »Ciao Mamma.«

Er winkte Becky zu und verließ das Zimmer. Sie blickte ihm hinterher. Er sah einfach unglaublich gut aus: der dunkle Teint, die pechschwarzen Haare und seine super Figur.

14

Als sie endlich Feierabend machte und den Rechner herunterfuhr, erhielt sie eine SMS von Stefano.

»Treffen wir uns in fünf Minuten vor dem Aufzug? Ich möchte dir unbedingt einen Klaps auf den Po geben.«

Becky musste lachen.

»Mal sehen, ob ich es schaffe.«

Sie fuhr den Rechner runter, löschte das Licht und nahm ihren Mantel. Schnell ging sie durch den Flur. Dann verlangsamte sie ihren Schritt, als sie Stefano sah. Sie standen alleine vor dem Aufzug und warteten.

Es war neunzehn Uhr. Die meisten Mitarbeiter hatten schon vor Stunden Feierabend gemacht. Hier in der Öffentlichkeit begrüßten die beiden sich wie zwei Kollegen. Sie stiegen in den Aufzug, der zum Glück leer war. Stefano legte seine Hand an ihren Po. Sie schmunzelte. Der Aufzug hielt auf dem Weg nach unten im elften Stock und ein älterer Mann trat ein. Er begrüßte die beiden knapp. Stefano hatte immer noch seine Hand an Beckys Hinterteil. Mit der anderen tippte er etwas in sein Smartphone.

Dann zeigte ihr Handy eine Nachricht an.

»Ich komme gegen 22 Uhr vorbei. Grrr.«

Sie musste lächeln, während sie die SMS las, und sandte gleich eine Antwort.

»Nur wenn du mich deiner Familie vorstellst.«

Es machte *bling* und Stefano schaute auf sein Handy. Er schrieb etwas.

»Ich rede mit Mamma und sage, dass du die einzige Liebe meines Lebens bist. Ich möchte meine Hand ewig auf deinem Knackarsch lassen.«

Sie musste unwillkürlich kichern. Der andere Herr schaute sie irritiert an.

»Endlich Feierabend«, meinte Stefano entschuldigend.

Der Mann lächelte höflich und stieg im ersten Stock aus. *Armer Kerl, der geht um diese Zeit wahrscheinlich noch in den Fitnessraum!*, dachte Becky. Die Aufzugtür schloss sich wieder und sie atmete auf.

»Heißt dein Großvater wirklich Valentin, weil er am Valentinstag geboren ist?«, fragte sie. »Damals wurde der Valentinstag doch noch gar nicht gefeiert.«

Stefano lachte. »Nein, Dummerchen. Aber den Sankt Valentinstag gab es schon. Und es gab den Brauch, den Kindern den Namen der Heiligen zu geben, an deren Namenstag sie geboren wurden.«

»Dann ist dein Großvater also kein Amor mit Pfeil und Bogen?«

»Opa? Ha. Nee, der ist ein alter Dandy ...«

Bevor sie fragen konnte, was er damit meinte, erreichten sie das Erdgeschoss. Stefano beugte sich zu ihr, um sie zu küssen. In diesem Moment öffnete sich die Aufzugtür und beide fuhren überrascht auseinander.

»Papa«, sagte Stefano.

»Herr Steinfels«, grüßte Becky mit belegter Stimme.

»Guten Abend«, erwiderte dieser. »Das Meeting war früher fertig. Ein Haufen Idioten. Mein Blutdruck ist fast explodiert.«

Er hatte anscheinend nichts bemerkt.

»Wollen Sie noch einmal ins Büro?«, fragte Becky.

»Ich hole nur zwei Ordner und mache zu Hause weiter. Sonst dreht ja deine Mutter durch«, erwiderte der Chef und schaute Stefano an. »Außerdem kannst du mich nach Hause fahren.«

»Klar, Papa«, erwiderte Stefano kleinlaut.

»Brauchen Sie mich noch?«, fragte Becky.

»Nein, nein, Sie können gehen. Schönen Abend.«

Becky ging hinaus, während der Aufzug die beiden Steinfels nach oben brachte. Nachdenklich stieg sie in ihr Auto. Was der alte Herr wohl sagen würde, wenn er erfuhr, dass sie etwas mit seinem Sohn hatte? Aber was sollte er schon dagegen haben? Schließlich war sie seine rechte Hand und er verstand sich prächtig mit ihr.

KAPITEL 2

»Schatz, warum ist denn Stefano nicht mitgekommen? Ich habe extra Schweinshaxe und Sauerkraut gemacht. So wie er es mag«, sagte Beckys Mutter, als sie am nächsten Abend bei ihren Eltern war.

»Er hat viel um die Ohren ... außerdem bin ich ja da.«

Sie saßen in dem Wohnzimmer der kleinen Drei-Zimmer-Wohnung. Seit sie ein Kind war, hatte sich hier nicht viel geändert. Außer, dass ihr Vater nur noch vor der Glotze saß, seit er arbeitslos war.

»Aber Stefano gehört schon zur Familie«, fuhr ihre Mutter fort. »Wenn ich nur an eure Kinder denke, die werden so hübsch sein.«

»Ich glaube, du bist mehr in Stefano verknallt als deine Tochter«, mischte sich Beckys Vater genervt ein.

»Rede doch keinen Unsinn, Amore.«

»Ich bin kein *Amore* und auch kein Italiener, wie oft soll ich dir das sagen. Ich bin der Karl-Heinz.«

»Du bist so sensibel wie eine Klobürste«, erwiderte ihre Mutter.

So waren ihre Eltern, dachte Becky, Petra und Karl-Heinz, wie sie leibten und lebten. Etwas peinlich für die Allgemeinheit, aber herzlich. Und sie liebten sich immer noch, auch wenn es manchmal nicht so aussah. Ihre Mutter war eine füllige Frau, die für Beckys Geschmack viel zu enge Röcke und viel zu weite Ausschnitte trug. Ihrem Vater gefiel es, er meinte immer: »Mit den Reizen sollte man nicht geizen.«

Becky dagegen hatte früher manchmal gesagt: »Mama, zieh dir bitte eine andere Bluse an, das ist so peinlich.«

Doch ihre Mutter hatte stets geantwortet: »Wieso denn? Soll ich wie eine alte Oma rumlaufen? Nee, das kann ich mit achtzig immer noch.« Dagegen konnte Becky nicht argumentieren.

Und auch wenn ihre Mutter in puncto Kleidung nicht unbedingt den besten Geschmack hatte, sie konnte fantastisch kochen.

»Kommen Stefano und du am nächsten Wochenende zu uns?

»Es sieht sehr danach aus, dass wir zu seinen Eltern gehen.«

»Aber da ist doch Valentinstag«, erwiderte ihre Mutter. »Da muss er doch etwas Romantisches mit dir unternehmen!«

»Sein Großvater hat Geburtstag, er wird sechsundachtzig. Das ist zwar kein runder Geburtstag, aber die Familie feiert immer den ganzen Tag zusammen, seit der Großvater über achtzig ist.«

»Und wir zwei sitzen dann ganz alleine hier und schauen fern«, meinte ihre Mutter mit herabhängenden Mundwinkeln.

»Aber du hast doch gerade selbst gesagt, dass Valentinstag ist und dass ein Paar etwas Romantisches zu zweit unternehmen sollte«, erwiderte Becky.

»Oh, jetzt reg dich nicht so auf. Wir können spazieren gehen und ich koche dir Spaghetti«, warf ihr Vater ein.

Die Mutter war enttäuscht. »Aber ich will auch mal einfach so Urlaub machen, wenigstens einen Kurzurlaub.«

Sogleich schaltete ihre Mutter den Fernseher an und suchte nach dem Urlaubssender. Unterdessen plapperte sie munter weiter: »Die Moni vom Sport hat die Steinfelses gegoogelt. Puh, die sind reich ... Rebekka Silber-Steinfels, das klingt gut.«

Becky verdrehte die Augen.

»Ach, Kind, es ist so schön zu sehen, wie du etwas aus deinem Leben machst. Du hast es so weit gebracht im Beruf ...«

Na ja, dachte sie. Eigentlich wollte sie noch viel mehr erreichen. Aber es stimmte. Ihre Eltern hatten immer versucht, ihr alles zu bieten, hatten dafür aber bei ihren eigenen Bedürfnissen immer zurückstecken müssen. Becky hingegen wollte eine unabhängige Frau sein, vor allem wollte sie nicht ständig jeden Euro umdrehen müssen und nur im Discounter einkaufen wie ihre Eltern.

Und dann hatte sie sich entschlossen, ausgerechnet Soziologie zu studieren. Dass sie damit kaum einen gutbezahlten Job ergattern würde, war ihr schnell klar geworden. Deshalb hatte sie nicht gezögert, als eine Freundin kurz nach dem Studium für sie den Job bei Steinfels senior eingefädelt hatte. Anna arbeitete schon etwas länger dort und hatte ein bisschen nachgeholfen, damit sie die Stelle bekam. Endlich war Becky finanziell unabhängig und konnte sogar ihre Eltern unterstützen und ihnen etwas von dem zurückgeben, was sie für sie getan hatten.

Steinfels senior mochte sie so sehr, dass er ihr großartige Aufstiegschancen einräumte. Mittlerweile absolvierte Becky ein BWL-Fernstudium neben der Arbeit. Viel Freizeit blieb da nicht, aber sie war sich sicher, dass sich die Mühe auszahlen würde.

»... und dann heiratest du auch noch einen Mann aus gutem Hause.«

»Mama, es ist nur ein erstes Kennenlernen und erzähl nicht der ganzen Nachbarschaft davon.«

»Na hör mal, ihr seid ein halbes Jahr zusammen, da darf man doch als stolze Mutter mal etwas erwähnen. Außerdem wird es höchste Zeit, dass du seine Familie kennenlernst. Wir haben nach einem Jahr schon geheiratet. Obwohl meine Eltern dagegen waren. Ich hatte nämlich noch einen Verehrer. Bernd. Der machte eine Banklehre und sie meinten, dass er ein besserer Fang gewesen wäre, aber ich war so verknallt in Papa.« Sie schaute zu ihrem Mann hinüber, der immer noch auf der Couch saß, und sah ihn verträumt an. »Früher sah dein Vater aus wie Elvis Presley.«

Obwohl die beiden finanziell durch schlechte Zeiten gingen, haderten sie nicht mit ihrem Schicksal. Ihre Mutter stand zu dem Mann, für den sie sich entschieden hatte, und liebte ihn immer noch. Ob Stefano wohl genauso denken würde, wenn sie zusammen alt geworden waren?

Eine Weile blieb Becky noch, dann verabschiedete sie sich. Als sie ging, küsste sie ihre Mutter auf die Wange und steckte ihr etwas Geld zu.

»Ach Becky, was würden wir nur ohne dich machen?«

Am nächsten Tag kam Becky auf dem Rückweg von der Mittagspause zum Büro an einem kleinen Brautladen vorbei, in dem sie bereits vor Monaten ein Kleid anprobiert hatte. Ihr Blick fiel auf die Auslagen im Schaufenster. Unwillkürlich musste sie stehen bleiben. Ob sie eines Tages wirklich einmal so ein Kleid tragen würde? Sie seufzte. Eigentlich musste sie dringend weiter. Sie sah auf die Uhr. Vielleicht, wenn sie sich sehr beeilen würde? Hoffentlich erinnerte sich die Verkäuferin nicht an sie.

Vorsichtig setzte Becky einen Fuß über die Schwelle. Erfreulicherweise war heute eine andere Verkäuferin im Laden als bei ihrer letzten Anprobe.

»Wie kann ich Ihnen behilflich sein?«, fragte die junge Dame.

Doch in diesem Moment klingelte Beckys Handy. Es war Herr Steinfels.

»Frau Silber? Sind Sie auf dem Rückweg? Ich müsste noch einmal mit Ihnen sprechen, wegen des Pressetermins. Ich benötige Sie sofort.«

»Natürlich …«

Becky zuckte entschuldigend mit den Achseln, dann machte sie auf dem Absatz kehrt und verließ das Geschäft.

Im Büro ging Herr Steinfels nervös auf und ab.

»Machen Sie sich keine Sorgen«, sagte Becky. »Hier ist der Text für die Pressekonferenz. Ich habe alles für Sie vorbereitet. Sie werden sehen, für jede kritische Frage gibt es eine Antwort. Und zwar hier.«

Sie reichte ihm einen weiteren Zettel mit Antwortvorschlägen auf gängige Fragen, den sie vorbereitet hatte.

»Was würde ich nur ohne Sie machen?«, fragte ihr Chef.

Becky lächelte. Das Kompliment tat ihr gut.

»Hat mein Sohn eigentlich diese Broschüre vorbeigebracht?«

»Er arbeitet noch daran«, erwiderte sie.

»Was habe ich mir nur dabei gedacht, als ich ihm die Leitung der Marketingabteilung übertragen habe«, sagte er. »Na ja, immerhin, seit Sie ein Auge darauf haben, ist es besser geworden.«

Der Vater ging wieder einmal hart ins Gericht mit seinem jüngsten Sohn. Allerdings fragte sich auch Becky, ob er in der Marketingabteilung wirklich so gut aufgehoben war. Sie blickte auf das alte gerahmte Familienfoto, welches auf seinem Tisch stand. Der große blonde ältere Sohn mit den blauen Augen war damals vielleicht sieben gewesen. Stefano war ein pausbäckiges, braungebranntes Kleinkind mit dunklen Augen und einem verschmitzten Lächeln und die Mutter eine bildhübsche Italienerin.

Stefano hatte einmal gesagt, dass sein Bruder auch innerlich eher seinem Vater ähnlich war. Er benahm sich hundertprozentig deutsch, es war fast so, als flösse in seinen Adern kein südländisches Blut. »Vielleicht ist er auch im Krankenhaus verwechselt worden«, hatte Stefano lachend hinzugefügt.

Gerade als ihr Chef ansetzte, weiter über seinen Sohn herzuziehen, blieb er plötzlich stehen. Seine Augen wurden groß und er legte eine Hand auf die Brust.

»Herr Steinfels, ist etwas?«

Er begann zu schnaufen.

»Mir ist so schlecht und ich hab so einen Druck.«

Becky stand einen Moment wie benommen da. Dann wurde ihr klar, dass dies ein Herzanfall sein könnte. Sie rannte zum Telefon und wählte den Notruf.

»Herr Steinfels, legen Sie sich hin und atmen Sie, atmen Sie«, rief sie ihm zu.

Sie wusste nicht, ob das richtig war, aber irgendetwas musste sie ja tun.

»Sagen Sie bloß meiner Frau nichts von dem Kaffee«, schnaufte Herr Steinfels. »Mist, und das Presse-Meeting müssen wir canceln und sagen Sie meinem Sohn, dass die Broschüre völliger Unsinn ist. Ich weiß nicht, warum ich ihn jahrelang auf eine Privatuni geschickt habe ... «

Hastig erläuterte Becky der Dame am Telefon die Situation. Dann legte sie auf und eilte zurück zu ihrem Chef, der auf seinen breiten Bürosessel gesunken war.

»Beruhigen Sie sich, Herr Steinfels. Jetzt bloß nicht aufregen.«

Becky hielt die ganze Zeit seine Hand und versuchte mit ihm zu sprechen. Ihr Chef wurde immer bleicher. Die

Minuten fühlten sich an wie eine Ewigkeit. Sie machte sich große Sorgen.

Endlich betrat der Notarzt den Raum. Routiniert untersuchte er den Firmenchef. Becky stand zunächst etwas benommen daneben, dann ergriff sie hastig ihr Handy und rief Stefano an. Dieser rannte kurz darauf ins Büro und eilte zu seinem Vater. Der Firmenchef wurde auf die Trage der Sanitäter gelegt und zum Rettungswagen gebracht. Sein Sohn wich nicht von seiner Seite.

Becky eilte hinterher und hörte, wie ihr Chef Stefano schroff anfuhr: »Lass doch meine Hand los, ich hab noch nicht vor zu sterben.«

Doch sein Sohn hielt trotzdem weiter seine Hand. Becky konnte sehen, wie besorgt er war.

Mittlerweile waren weitere Kollegen herausgekommen und beobachteten die Szene.

»Alle an die Arbeit, hier ist kein Zirkus«, befahl Herr Steinfels mit ernster, aber sehr leiser Stimme. »Bitte beruhigen Sie sich«, ermahnte ihn der Notarzt.

Dann stiegen sie in den Krankenwagen und fuhren los. Becky sah ihnen nach. Dann ging sie unter Schock zurück ins Büro.

Wie konnte das sein, gestern noch hatte ihr Chef so rüstig gewirkt und nun schwebte er plötzlich in Lebensgefahr! Hoffentlich konnten ihm die Ärzte helfen. Becky dachte an Stefano. Wie musste er sich jetzt fühlen? Einige Minuten sann sie über die Situation nach. Dann fuhr sie erschrocken zusammen. Die Pressekonferenz!

Rasch holte sie die Telefonliste und begann, alle Journalisten abzutelefonieren und die Pressekonferenz abzusagen. Dabei blickte sie immer wieder auf ihr Handy. Hoffentlich meldete sich Stefano bald, um ihr zu sagen, dass es seinem Vater besser ging.

KAPITEL 3

Am nächsten Tag war Becky wieder klarer im Kopf. Abends hatte sich Stefano endlich gemeldet und ihr gesagt, dass sein Vater vorerst im Krankenhaus bleiben musste, aber im Moment nicht in Lebensgefahr schwebte.

Als Erstes machte sie sich daran, weitere Meetings ihres Chefs abzusagen und E-Mails an die Geschäftspartner zu verschicken. Sie musste unbedingt die Pressevertreter anrufen und sich noch einmal für den Ausfall des Pressetermins entschuldigen.

Plötzlich betrat Stefanos Bruder das Büro, als Becky gerade telefonierte. Sie fuhr erschrocken zusammen.

»Keine Angst, ich habe Ihr Auto nicht demoliert und will Sie auch nicht anzeigen«, sagte er mit einem leisen Lächeln.

Becky beendete das Gespräch und sah ihn an.

»Ja, das neulich ... tut mir wirklich leid«, antwortete Becky. »Ich wusste ja nicht ...«

»Schon gut, ich bin nicht nachtragend.«

Er streckte die Hand aus. »Friedrich Steinfels.«

»Rebekka Silber«, erwiderte sie. »Wie geht es Ihrem Vater?«

»Besser«, sagte er. »Es war nur ein kleiner Herzinfarkt. Zum Glück haben Sie gleich reagiert. Doch er muss sich schonen. Beim nächsten Mal könnte es nicht so glimpflich ausgehen.«

Becky nickte mitfühlend und war gleichzeitig sehr erleichtert und froh. Es war so schön zu hören, dass es dem Senior besser ging. Sie hatte sich wirklich Sorgen um ihn gemacht.

Kurz war es still zwischen den beiden.

»Wie kann ich Ihnen helfen?«, fragte Becky dann.

»Tja, ich soll die Geschäfte meines Vaters übernehmen. Also erst mal übergangsweise. Sie könnten mir einen Kaffee kochen und mir dann zeigen, wo sich welche Ordner befinden.«

Becky hatte das Gefühl, dass sie den Boden unter den Füßen verlor. *Kaffee kochen?*, dachte sie. *Ich bin keine kleine Sekretärin, du arroganter Snob, sondern Assistenz der Geschäftsführung und habe Soziologie studiert!* Aber sie sagte nur: »Einen Espresso?«

Er nickte und ging schnurstracks in das Büro seines Vaters. Sie bereitete den Kaffee zu. Was für ein Schnösel! Herr Steinfels senior war so bodenständig, er hatte sich den Kaffee meistens selbst geholt. Gerade als sie den Espresso ins Nebenzimmer bringen wollte, stürmte Stefano in ihr Büro.

Sie hielt ihren Finger warnend an die Lippen, bevor er etwas sagen konnte. Er blieb stehen, sah sie verwundert an und zuckte dann mit den Achseln. Sie deutete auf das Chef-Zimmer.

»Papa?«, fragte Stefano erschrocken. »Der muss doch noch im Krankenhaus bleiben!«

Sie schüttelte den Kopf und deutete ihm an, hineinzugehen und selbst nachzusehen.

»Fritz!«, schrie Stefano, als er die Tür öffnete. »Was machst du denn hier?«

»Ich arbeite hier«, erklärte Friedrich.

»Wie bitte?«

»Ich arbeite hier.«

»Als was denn bitteschön?«

»Vater hat mich gebeten, die Geschäfte zu übernehmen, bis es ihm besser geht.«

»Du verarschst mich jetzt.«

»Schön wär's. Ich wäre jetzt auch lieber woanders! Aber Vater hat mich gebeten.«

»Da kannst du dann natürlich nicht Nein sagen«, erwiderte sein Bruder mit bissigem Unterton.

»Stefano, er liegt im Krankenhaus.«

»Klar, nur deswegen«, entgegnete Stefano. Er klang bitter. »Du hast doch nur VWL studiert, um unseren Eltern und vor allem Opa zu gefallen!«

Friedrich entgegnete darauf nichts. Becky schob sich an ihrem Freund vorbei durch die Tür und brachte ihrem neuen Chef den Kaffee.

»Für mich bitte auch einen Espresso«, sagte Stefano.

Friedrich beugte sich über die Papiere auf dem Schreibtisch. Es gefiel Becky nicht, wie er mit seinem Bruder umging. Und sie würde ihm ganz bestimmt keinen Espresso bringen. Doch Stefano schien sie plötzlich gar nicht mehr wahrzunehmen, er murmelte nur etwas Unverständliches, drehte sich im Türrahmen um und ging. Ohne Espresso.

Friedrich beachtete ihn nicht.

»Frau, äh, wie war Ihr Name noch mal?«, fragte er.

»Silber. Wie Gold.«

»Ach ja, das kann man sich gut merken ... Guter Espresso.«

Becky machte spöttisch einen Knicks. »Das freut mich.«

Doch er blickte bereits wieder mit ernster Miene in die Unterlagen und beachtete sie nicht mehr.

In der Mittagspause kamen einige Kolleginnen auf sie zu, als sie mit ihrer Freundin Anna in der Kantine saß und ihr von den Veränderungen in der Chefetage erzählte.

»Sag mal, stimmt es, dass der Junior jetzt die Stelle vom Alten übernommen hat?«, fragte Silvia aus dem Vertrieb.

»Vorübergehend«, erwiderte Becky knapp.

27

»Und wie ist er so?«, fragte eine junge Sekretärin, die noch nicht lange in der Firma war.

Sie zuckte mit den Achseln. »Okay.«

»Und ich dachte, dass Stefano den Posten übernehmen soll?«

»Tja.«

»Sieht er wenigstens gut aus?«

»Geht so«, antwortete Becky.

»Sieht er Stefano ähnlich?«, fragte Annika aus dem Personal.

»Nein, nicht im Geringsten.«

»Den müssen wir uns anschauen.«

Im Laufe des Tages kamen ständig Kolleginnen ins Büro, um den neuen Chef kennenzulernen und dann schnell wieder zu gehen. So richtig beeindruckt war keine. Am treffendsten fand Becky die Beschreibung von Pamela aus dem Vertrieb: »Als ob er einen Stock im Arsch hätte.«

Anna schickte ihr nach dem Besuch bei Friedrich Steinfels nur eine kurze SMS: »Du Arme. Hoffentlich kommt der Sen. bald wieder.«

Als Becky endlich Feierabend machen wollte, erhielt sie eine SMS von Stefano: »Amore, ich vermisse dich. Mein ganzer Körper verlangt nach dir.«

»Die Körperteile müssen sich gedulden, ich muss noch viel für F. erledigen«, schrieb sie zurück.

»Dieser Langweiler. Heute Abend 19h bei dir, ich halte es nicht mehr aus. Von mir aus auch schon im Auto ;) Und danach zum Italiener?«

Sie musste lächeln.

»Schauen Sie sich gerade etwas bei YouTube an?«, fragte Friedrich, der plötzlich im Türrahmen stand.

»Äh, wie bitte?«, stammelte Becky.

»Na, Sie lachen über etwas.«

»Ach nein, ich habe nur eine nette SMS bekommen, von einer alten Freundin.«

Er nickte.

»Ich brauche Sie nicht mehr, Sie können von mir aus Feierabend machen.«

»Das ist nett von Ihnen, aber ich habe noch etwas zu tun.«

»Na gut. Dann arbeiten Sie weiter.«

Nach einer halben Stunde und acht weiteren SMS von Stefano entschied sich Becky, doch Feierabend zu machen.

»Halten Sie den Weltrekord im SMS-Versenden?«, fragte Friedrich, als sie sich verabschiedete.

»Nein, aber ich habe so viele Frei-SMS«, erwiderte sie, unschlüssig, wie sie sich richtig verhalten sollte. Würde der neue Chef sie wegen jeder kleinen Privat-SMS ermahnen?

»Deshalb die ständigen *Bling*-Töne aus Ihrem Büro«, meinte Friedrich.

Sie nickte.

»Na, dann, schönen Abend«, sagte er abwesend.

»Sag mal, bist du sicher, dass Friedrich dein Bruder ist?«, fragte Becky Stefano, während sie in einem kleinen Restaurant zu Abend aßen.

»Das frage ich mich auch immer wieder. Allerdings ist er schon sehr wie mein Vater. Also ja.«

»Er geht wirklich zum Lachen in den Keller«, meinte Becky.

Stefano grinste. »Wollen wir jetzt wirklich die ganze Zeit über meinen Bruder reden? Ich könnte dich gleich wieder vernaschen.«

Wieder einmal sprach Stefano sofort von Sex, wenn sie über ein ernstes Thema sprechen wollte. Aber gut, sie wollte

29

jetzt nicht streiten, sondern den schönen Abend genießen. Sie fragte lediglich: »Glaubst du, dass er mich entlassen wird, nach dem was vor ein paar Tagen vorgefallen ist?«

»Nein, er weiß doch, dass er auf dich angewiesen ist. Bitte lass uns nicht mehr von ihm sprechen. Können wir noch zu dir? Ich habe Lust auf einen Nachtisch.«

Doch Becky wehrte ihn ab. »Ich muss noch lernen.«

»Für dein Fernstudium? Aber es ist doch schon nach neun.«

»Das ist wichtig für mich.«

»Ich weiß gar nicht, warum du dich so stresst. Du hast doch schon einen Job ...«

Sie stieß ein wenig verärgert die Luft aus und blickte aus dem Fenster. Aber eine wichtige Sache wollte sie noch mit ihm besprechen, also sah sie ihn wieder an. »Hast du eigentlich mit deiner Mutter geredet?«

»Wegen dem Geburtstag von Großvater? Amore, du weißt doch, was für ein Stress bei uns herrscht. Papa ist krank. Mama ist völlig verzweifelt. Gerade denkt keiner an die Feier.«

»Du hast ihnen also nicht gesagt, dass ich dich zur Feier begleite?«

Er seufzte.

»Ich werde schon noch mit ihr sprechen, aber das braucht Zeit. Irgendwann wirst du sagen: *Müssen wir wirklich zu allen Feiern deiner Familie? Können wir nicht mal schwänzen.*«

Becky fragte sich, ob da etwas dran war. War seine Mutter wirklich so ein Drache, wie Stefano immer behauptete? Diese italienischen Männer und ihre Mütter!

»Hauptsache, du nimmst mich überhaupt einmal mit«, antwortete sie.

Doch als sie ihn direkt ansah, blickte er weg. Er würde doch wohl jetzt keinen Rückzieher mehr machen?

KAPITEL 4

Friedrich Steinfels saß bereits an seinem Schreibtisch, als Becky am nächsten Morgen ins Büro kam. Sie hörte mit an, wie ihr neuer Chef mit einem sehr schwierigen Partner telefonierte. Becky vermutete, dass dieser für den Herzinfarkt ihres Chefs mitverantwortlich war. Doch Friedrich hatte eine enorme Autorität und ließ sich nicht aus der Ruhe bringen.

»Frau Silber, wir haben jetzt zwei schwierige Tage zusammen gemeistert«, sagte er erstaunlich gut gelaunt, als der Anruf beendet war. »Sie können gerne meine Sekretärin werden.«

Vor Schreck hätte sie fast den Kugelschreiber zerbrochen. »Wie meinen Sie das?«

»Dass ich sehr zufrieden bin mit Ihnen. Die alte Sekretärin meines Vaters war ja ein Albtraum. Aber Sie werde ich sehr gerne an diesem Arbeitsplatz übernehmen.«

Sie schaute ihn mit aufgerissenen Augen an. »Ich bin Assistentin, habe einen Hochschulabschluss und spreche drei Sprachen fließend.«

»Das ehrt Sie sehr, aber mittlerweile spricht jede Empfangsdame drei Sprachen.«

»Arschloch, Arschloch, Arschloch« – lautlos bewegte Becky ihre Lippen.

»... aber ich will ja nur sagen, dass Sie wirklich gut sind und ich mit Ihnen zufrieden bin und ob Sie, ich korrigiere, meine Assistentin sein möchten.«

Sie nickte wortlos. Empört ging sie auf die Toilette, sagte ein Dutzend Flüche und betätige die Spülung. Dann sandte sie Stefano eine SMS, woraufhin sie sich wie zufällig im Kopierraum trafen. Dort waren sie allein.

»Dein Bruder ist ein arroganter Idiot.«

»Ich weiß, mein Schatz, ich werde schauen, dass ich dich zu mir ins Marketing bekomme.«

»Ich will nicht ins Marketing, ich mag meinen Job. Und dein Vater hat mir immer Aufstiegschancen eingeräumt, anstatt mich zur Tippse zu degradieren.«

Er hatte ihr sogar zugesagt, dass sie eines Tages die Leitung einer eigenen Abteilung übernehmen könnte. Nur deswegen hielt sie es überhaupt in der Firma aus und wegen des guten Arbeitsklimas mit Steinfels senior – denn Dampfkessel waren nicht gerade ihre große Leidenschaft.

»Wenn du wüsstest, wie ich unter Fritz gelitten habe. Er war immer der Große, Papas Liebling, und so versnobt«, sagte Stefano. »Und heute hat er eine Sitzung mit dem Marketing einberufen. Da waren die Diskussionen mit dir harmlos dagegen.«

Becky lächelte schief. Dass Friedrich nun auch noch ihre Arbeit übernahm, schmerzte umso mehr.

Sie umarmte Stefano und er flüsterte: »Ich komme heute Abend und tröste dich.«

Friedrich war so superkorrekt und witzlos, dass sie mittlerweile wirklich in der Pause lustige YouTube-Videos anschaute, um ein bisschen zu entspannen. Er trank bei der Arbeit meistens grünen Tee. Im Vergleich zu seinem Vater lebte er sehr gesund. Irgendwie fand sie das unsexy und spießig. Stefano liebte guten Kaffee, gute Pasta und er hatte trotzdem eine tolle Figur. Er spielte Golf und ging regelmäßig ins Fitnessstudio. Okay, er ließ sich auch die Fingernägel maniküren und die Augenbrauen zupfen. Das stand ihm aber. Im Gegensatz zu seinem Bruder legte Friedrich nicht so viel Wert auf sein Äußeres und hielt Maniküre und Augenbrauen-Zupfen sicher für eine Frauendomäne. Er trug das wellige Haar nicht zu kurz und nicht zu lang und seine Fingernägel waren einfach nur kurz.

Als sie gerade Feierabend machen wollte, kam er aus seinem Büro und fragte: »Frau Silber, ich möchte Sie zum Abendessen einladen. Essen Sie gerne äthiopisch?«

Becky war so überrascht, dass sie dachte, sie hätte sich verhört.

»Sie meinen, wir zwei gehen in ein Restaurant etwas essen?«, fragte sie verwundert.

»Ja, möchten Sie jemanden mitbringen? Wissen Sie, es ist doch gut, sich auch außerhalb der Arbeit zu kennen, wenn man so eng zusammenarbeitet.«

Da ist was dran, nur ob ich Sie wirklich besser kennen möchte?, fragte sie sich. *Andererseits könnte ich bald zur Familie gehören und somit wäre es gut, wenn wir wenigstens einigermaßen miteinander auskämen.*

»Ich habe noch nie äthiopisch gegessen«, erwiderte sie mit einem aufgesetzten Grinsen.

Als sie Stefano anrief, um ihr Treffen am Abend abzusagen, klang dieser wenig begeistert: »Was? Will er dich jetzt etwa anmachen?«

»Ach was ... er hat bestimmt im *Manager Magazin* gelesen, dass man so etwas machen sollte. Der hat doch kein Interesse an Frauen. Ich glaube, er ist mit seinem Beruf verheiratet. Oder vielleicht mag er Männer.«

»Das denkst du. Meine erste Freundin wollte er mir wegschnappen«, erwiderte Stefano.

»Echt?«, antwortete sie irritiert.

»So ist mein Bruder, nimmt sich, was er will.«

»Ach Süßer, mich wird er nicht bekommen. Ich stehe auf dunkelhaarige Lockenköpfe«, antwortete sie. »Außerdem weiß er doch gar nicht, dass wir zusammen sind.«

»Ist das ein Vorwurf?«

»Hm?«

»Ich werde es meiner Mutter schon sagen, aber das braucht Zeit.«

»Ich nehme die *African Queen* ... und für Sie, Frau Silber?«

»Also, ich nehme etwas Vegetarisches«, sagte sie, während sie die Karte studierte. »Kann mich nie für ein Gericht entscheiden, am besten nehme ich das Buffet«, erklärte sie.

»Interessant, ich bin eher vom Buffet irritiert und freue mich über ein perfekt zusammengestelltes Einzelgericht.«

So unterschiedlich können Menschen sein, dachte Becky. Immerhin, das Restaurant, das Friedrich ausgewählt hatte, gefiel ihr. Auch wenn der Abend wohl sehr langweilig werden würde, so wäre wenigstens das Essen gut und sie würde um eine kulinarische Erfahrung reicher.

»Sind Sie eigentlich verheiratet oder verlobt?«, fragte Friedrich plötzlich, nachdem eine kurze aber etwas unangenehme Pause zwischen ihnen entstanden war.

»Äh, nein. Ich habe einen Freund«, erwiderte sie. »Und Sie?«, entgegnete Becky, um ihn aus der Reserve zu locken.

»Nein, ich hatte in den letzten Jahren wenig Zeit, mich um eine Beziehung zu kümmern«, erwiderte Friedrich lächelnd.

Becky nickte nur freundlich. *Na, da kannste auch lange warten, bis sich eine für dich interessiert*, dachte sie.

»Und, ist es der Richtige?«, fragte er direkt.

Becky merkte, wie sie errötete. Die Frage hatte sie selbst insgeheim beschäftigt.

»Kann schon sein«, meinte sie keck. Doch sie musste sich sehr anstrengen, um überzeugend zu wirken.

»Das freut mich für Sie«, antwortete er in einem Tonfall, der irgendwie einen Hintergedanken zu enthalten schien.

Er nahm ihr das wohl nicht ab.

Ein Romantiker war er ganz eindeutig nicht.

Der Kellner kam und brachte die Getränke.

»Haben Sie Geschwister?«, fragte er, als sie die Vorspeise aßen.

»Nein, ich bin ein Einzelkind.«

»Meinen Bruder kennen Sie ja schon«, sagte Friedrich.

»Ach … stimmt«, druckste sie herum. »Der aus dem Marketing. Äußerlich sehen Sie sich gar nicht ähnlich.«

»Das stimmt, aber innerlich sind wir noch unterschiedlicher. Trotzdem haben wir uns gern.«

Davon hatte Becky noch nichts bemerkt.

»Kennen Sie meinen Bruder gut?«, fragte er.

»Ja, geht so«, antwortete sie zögernd.

Sie wusste nicht, wie viel sie erzählen sollte. Stefano war es sehr wichtig, dass seine Familie erst einmal nichts von ihrer Beziehung wusste. Er würde es ihnen allen gemeinsam mitteilen, das hatte er versprochen. »Außerdem würden die in der Firma nur dumm reden. Das wäre vor allem für dich schlecht«, hatte er gesagt.

Nachdem sie und Friedrich sich noch über das schlechte Wetter und die neuen Marketing-Maßnahmen der Firma unterhalten und nebenbei auch das leckere Essen verspeist hatten, verlangte er die Rechnung.

»Also Frau Silber, ich muss nochmal sagen, die Zusammenarbeit mit Ihnen ist sehr gut. Da hat mein Vater eine gute Entscheidung getroffen, nur eine Sache hätte ich anzumerken.«

»Und was?«, fragte sie vorsichtig.

»Könnten Sie bitte Ihr Handy auf lautlos stellen, dieses ständige Geblinge macht mich wahnsinnig.«

»Äh, ja klar. Kann ich machen, wenn es Sie stört. Ihrem Vater hat es nichts ausgemacht.«

»Nun, er hört auch nicht so gut wie ich. Ich kann dummerweise fast das Gras wachsen hören.«

Hä? Wer konnte denn bitteschön das Gras wachsen hören?

»Also im übertragenen Sinne, versteht sich«, fügte er hinzu, als hätte er ihre Gedanken gelesen.

Er bezahlte und bot sogar an, ihr ein Taxi zu bestellen.

»Nein, nein, ich fahre mit dem Auto.«

»Aber Sie haben Alkohol getrunken, diese Verantwortung kann ich nicht tragen.«

Widerwillig nahm sie sein Angebot an. Nun würde sie morgen auch noch ihr Auto hier abholen müssen! Er bestellte das Taxi und wartete sogar mit ihr vor der Tür, bis es kam.

Plötzlich sprach er sie von der Seite an: »Ach ja, ich hätte da noch ein sehr spezielles Projekt.«

»Ja?«

Er wirkte nervös. Hatte er sie nur deshalb zum Essen eingeladen, weil er ihr irgendeine Hiobsbotschaft überbringen wollte?

»Ich wollte wissen, ob Sie Interesse daran hätten. Es wäre jedoch in Ihrer Freizeit zu erledigen. Es wäre sehr gut bezahlt und sehr geheim.«

»Jetzt machen Sie mich neugierig.«

»Aber ich bitte Sie, dies streng geheim zu halten.«

Meine Güte, was sollte sie denn machen? Waffen verkaufen? Eine Bank überfallen?

»Was wäre das für ein Projekt?«, fragte sie vorsichtig.

»Nun ja«, druckste er herum.

»Sie machen es wirklich spannend.«

»Ich weiß nicht, ob Sie meinen Großvater kennen?«

»Noch nicht«, sagte sie und wurde immer neugieriger.

»Nun ja, ich habe meinen Opa sehr gern. Er hat viel mit

uns unternommen, als wir klein waren, doch jetzt im Alter wird er immer knurriger und seniler. Es ist nicht einfach, ihn zufriedenzustellen.«

Sie schaute ihn irritiert an. Was wollte er ihr sagen?

»Also, ich möchte wissen, ob Sie am Wochenende meine Begleitung sein möchten? Da wird der Geburtstag meines Großvaters gefeiert.«

Beckys Beine fühlten sich auf einmal ganz weich an.

»Begleitung, um die Arbeit zu erledigen oder was haben Sie sich vorgestellt?«, fragte sie beunruhigt. Hielt er sie für eine Schlampe?

»Nicht ganz. Mein Großvater ist ein sehr energischer Mann, der es mit dem Herzen hat. Er weint mir ständig etwas vor, weil ich nie eine Frau mitbringe. *Wie soll denn so das Familienimperium weiterbestehen, das ich mit der Kraft meiner Hände aufgebaut habe?«*, zitierte Friedrich witzelnd mit hoher Stimme. »Und mit meiner Mutter sieht es ganz ähnlich aus. Jetzt ist auch noch mein Vater krank und ich möchte ein Fiasko vermeiden und dachte, vielleicht hätten Sie Lust, etwas dazuzuverdienen und sich als meine Freundin auszugeben. Sie sind taff, kein Sensibelchen – Sie sind eine, die eine Familie wie die meinige überleben kann. Das würde meinen Opa und meine Mutter glücklich machen und Sie könnten sich etwas dazuverdienen. – Natürlich ohne körperliche Interaktionen, rein platonisch.«

Der ist ja krank!, dachte Becky. Wie kam er nur auf eine solche Idee? Und warum ging er nicht einfach in eine Disko und riss dort ein Mädel auf?

»Ist nett, dass Sie auf mich zukommen, aber das kann ich nicht machen. Wie kommen Sie überhaupt auf mich?«

»Weil Sie meinen Vater schon kennen.«

Das klang ja noch verrückter.

»Hören Sie mal, ich arbeite für ihn. Und dann bin ich die Böse, wenn wir bei der nächsten Gelegenheit nicht mehr *zusammen* sind«, sagte sie.

»Keine Sorge, das habe ich schon bedacht. Ich habe nicht vor, ewig hier zu bleiben. Ich werde mich wie ein Schwein aufführen ... und Sie haben dann sogar noch einen Bonus bei meinem Vater.«

Jetzt war sich Becky sicher, dass der Typ vollkommen durchgeknallt war. In dieser Familie schienen der Vater und Stefano die einzigen Normalen zu sein!

»Ich kann Ihnen da wirklich nicht weiterhelfen«, erklärte sie mit fester Stimme.

»Schade, bitte verzeihen Sie, dass ich Sie damit überfalle. Vergessen wir das einfach«, bat er, nun etwas schüchtern. Er wirkte jetzt noch nervöser als eben.

Mit Schrecken dachte Becky daran, dass sie ihm am Valentinstag begegnen würde. *Wenn Friedrich mich dann doch an der Geburtstagsfeier bei seinen Eltern trifft, oh Mann, wird das peinlich sein. Der Arme.*

Sie konnte nur hoffen, dass das dann keine Auswirkungen auf ihre Zusammenarbeit haben würde. Am besten erzählte sie Stefano nichts von dem Vorfall, er wäre sicher sauer auf seinen Bruder.

»Wir vergessen das einfach. Ich habe sowieso etwas vor an dem Wochenende«, erwiderte sie.

»Natürlich.«

Er räusperte sich etwas verlegen.

Zum Glück kam in diesem Moment das Taxi an. Sie stieg ein und ließ sich in den Sitz fallen. Hatte sie eben fantasiert oder hatte ihr Chef sie gefragt, ob sie seine Freundin spielen könnte?

Der eine Bruder will mich als seine Freundin vorführen und der andere Bruder will mich als seine Freundin am liebsten geheim halten.

Die ganze Begebenheit erschien ihr jetzt unwirklich. Sie analysierte die vergangenen Minuten. Dann zwickte sie sich.

Kurz darauf machte es *bling*. Eine Nachricht von Stefano.

»Und, ist die Qual vorbei?«

Sie musste lächeln.

»Ja, ja und ich bin schwer verliebt in deinen Bruder«, schrieb sie.

Das Telefon klingelte.

»Natürlich war das ein Scherz, du Dummerchen«, sagte sie, bevor Stefano etwas anderes sagen konnte. »Ich bin aber jetzt müde. Wir sehen uns morgen.«

KAPITEL 5

Heute schien Friedrich gut gelaunt zu sein. Er kam auf Becky zu und sagte: »Viele Grüße von meinem Vater. Es geht ihm besser und er bedankt sich für die Karte und die Blumen.«

»Das freut mich. Kommt er denn bald zurück?«

»Sie meinen arbeiten? Nein, er muss erst einmal in Kur und überhaupt kürzertreten. Ob und wann er kommt, wissen wir noch nicht. Aber sicher nicht in den nächsten zwei oder drei Monaten.«

Er schien ihren enttäuschten Gesichtsausdruck bemerkt zu haben, denn er fragte: »Sie machen solch einen traurigen Eindruck, ist die Arbeit mit mir so schlimm?«

»Nein, nein, aber ich arbeite schon seit drei Jahren für Ihren Vater und wir waren ein gutes Team.«

Und Ihr Vater hat mir versprochen mich zu fördern und mir noch mehr Verantwortung zu übergeben!, dachte sie.

»Verstehe«, erwiderte Friedrich und dann verschwand er wieder in seinem Büro.

In der Mittagspause hatte Rebekka wieder das Verlangen, ein Hochzeitskleid anzuprobieren. Leider gab es in der Nähe des Büros nicht mehr viele Brautläden, in denen sie nicht schon mindestens einmal ein Kleid probiert hatte. Brautkleideranprobieren war für sie ein bisschen wie Pralinen- oder Kuchenessen für andere, es schüttete Glückshormone in ihr aus. Außerdem würde sie nicht lange für das Aussuchen des Kleides benötigen, wenn Stefano ihr endlich einen Antrag machte, denn dann würde sie schon genau wissen, was sie wollte. Keiner wusste von diesem

Spleen, nicht einmal ihre beste Freundin Anna, und sie achtete peinlich darauf, dass es so blieb. Die anderen sollten in ihr die Geschäftsfrau sehen, die alles im Griff hatte.

Sie setzte sich ins Auto und fuhr ziellos durch die Stadt. Bald fand sie wirklich ein kleines Geschäft, das sich auf Festkleidung spezialisiert hatte und in dem sie noch nicht gewesen war. Verträumt betrachtete sie die unterschiedlichen Modelle und entschied sich dann für ein rotes Kleid. Sie sah darin nicht aus wie eine romantische Braut, aber irgendwie gefiel es ihr. Während sie es sich im großen Spiegel ansah und bewunderte, wie perfekt der Rock fiel, hörte sie eine bekannte Stimme. Im Spiegel blickte Becky in diese Richtung. Es war Pamela aus dem Vertrieb! Ach du liebe Zeit. Was machte die denn hier?

Schnell nahm Becky die Schleppe und rannte in die Umkleide. Vorsichtig blickte sie durch den Vorhang. Pamela sah sich bei den Abendkleidern um. Sie schien es nicht eilig zu haben. Was sollte Becky denn nun machen? Sie musste pünktlich wieder im Büro sein. Pamela dagegen schien alle Zeit der Welt zu haben.

Plötzlich kam die Verkäuferin in Beckys Nähe und sah sich um. Rasch zog Becky die Dame zu sich in die Umkleide.

Die Verkäuferin stieß einen überraschten Schrei aus. »Ach Sie sind es«, sagte sie dann. »Ich habe mich schon gefragt, wo Sie geblieben sind.«

»Haben Sie noch eine Hintertür?«, flüsterte Becky.

Die Verkäuferin sah sie irritiert an. »Äh, wieso?«

»Diese Dame da vorne ist die Ex-Verlobte meines Verlobten und sie ist Amateurboxerin«, stammelte Rebekka. »Wenn Sie das Schlimmste verhindern wollen, dann muss ich irgendwo hinten raus.«

»Wir haben nur die Toilette mit einem kleinen Fenster«, sagte die Verkäuferin etwas ratlos.

»Dann helfen Sie mir ... geben Sie mir einen Schleier und nehmen Sie meine Kleidung mit.«

Die Verkäuferin nickte. Sie schien immer noch komplett verwirrt zu sein, aber sie sammelte Beckys Sachen ein. Dann ging sie zu einem Regal, um einen Schleier zu nehmen.

Als Becky sah, dass Pamela auf die Verkäuferin zuging, duckte sie sich unwillkürlich und zog den Vorhang wieder etwas zu.

»Ah, da sind Sie ja«, sagte Pamela. »Ich glaube, ich habe etwas Passendes gefunden.«

Die Verkäuferin starrte sie einen Moment stumm an. Hoffentlich überlegte sie nicht gerade, ob Pamela mit ihren Streichholzarmen wirklich jemanden verprügeln konnte.

Doch dann sagte sie nur: »Ich komme gleich zu Ihnen, muss nur noch kurz einer anderen Kundin helfen.«

Pamela ging zurück in den anderen Teil des Ladens und die Verkäuferin reichte Becky den Schleier. Diesen wickelte Becky mehrmals um ihren Kopf, so dass man ihr Gesicht nicht sehen konnte. Dann ging sie aus der Kabine. Als sie an Pamela vorbeikam, sagte Becky mit verstellter Stimme: »Nix gucke bitte, bringt Unglück in Aserbaidschan.«

Pamela starrte sie mit offenem Mund an. Die Verkäuferin versuchte zu lächeln.

»Andere Länder, andere Sitten.«

Dann eilte Becky mit der Verkäuferin auf die Toilette. Sie stieg aus dem Kleid, zog sich ihre Sachen an, drückte der Verkäuferin einen Geldschein als Trinkgeld in die Hand und kletterte mit ihrer Hilfe aus dem Fenster.

Die Verkäuferin schaute durch das Klofenster und fragte: »Soll ich das Kleid reservieren?«

»Lieber nicht, ich glaube, es bringt Unglück. Aber ich komme bald wieder.«

Dann eilte sie zum Auto. Wieder hatte sie einen Strafzettel.

Als sie sich ins Auto setzte, sah sie, dass ihre Bluse von der Kletteraktion ganz verschmutzt war.

Ich muss mit diesem Schwachsinn aufhören, dachte Becky. *Diesmal wäre es fast schief gelaufen.*

Als sie ins Büro zurückkam, war ihr Chef immer noch in seinem Zimmer. Er war wohl sehr beschäftigt. Hatte er überhaupt bemerkt, dass sie weg gewesen war?

Becky machte sich an die Arbeit. Einige Zeit später kam der Juniorchef kurz heraus, blieb stehen und fragte verblüfft: »Sind Sie durch den Schornstein geklettert?«

Sie starrte ihn irritiert an. Sollte das ein Spaß sein?

»Ihre Bluse ist ganz dreckig.«

Mit einem Blick auf ihre Bluse erwiderte Becky peinlich berührt: »Ach das, diese blöden Restaurants sind wahre Dreckschleudern.«

Er verstand scheinbar nicht, sagte nichts mehr und ging nach draußen.

Nachdem Becky sich an ihren Schreibtisch gesetzt hatte, ging sie ihre ungelesenen E-Mails durch. Plötzlich blinkte ihr privates Telefon. Sie hatte eine Textnachricht erhalten. Seit ihre Mutter ein Smartphone hatte, erhielt Becky mindestens fünf SMS am Tag von ihr. Was sie gekocht hatte, was sie gekauft hatte, wie das Wetter war ... wie es Stefano wohl ging? Wirklich nervig. Aber sie liebte ihre Mutter zu sehr, um ihr das zu sagen. Noch schlimmer war es, seit ihre Mutter Facebook für sich entdeckt hatte. Sie postete jeden Tag ein neues Foto von sich oder dem Essen oder den Blumen im Garten.

»Wir fahren für fünf Tage in den Schwarzwald!«, las Becky nun auf ihrem Display. »Dein Vater hat mir die Reise zum Valentinstag geschenkt. Kannst du das glauben?«

Natürlich konnte Becky das. Schließlich hatte sie in Absprache mit ihrem Vater die Reise heimlich organisiert und bezahlt. Sie freute sich für ihre Eltern, dass sie auch endlich einmal rauskamen und gemeinsam etwas unternehmen konnten.

Doch die SMS machte sie irgendwie auch traurig, denn was war mit ihr? Stefano hatte nicht einmal zugesagt, dass er sie am Valentinstag zu seiner Familie mitnehmen würde. Das wäre doch mal ein Geschenk! Aber vielleicht tat er das ja noch, wenn es seinem Vater wieder besser ging.

Am nächsten Abend traf sie sich mit Stefano in einem Park, der etwas außerhalb lag. Sie gingen spazieren und eigentlich wollte Becky mit ihm über den Valentinstag sprechen, doch er redete die ganze Zeit nur von seinem Bruder.

»Er ist zwar mein Bruder, aber er behandelt mich wie einen Sklaven. Was hat sich Vater nur dabei gedacht? Ich arbeite seit Jahren in der Firma. Gestern Abend musste ich bis einundzwanzig Uhr da bleiben. Friedrich wollte unbedingt diese Präsentation fertig haben.«

»Sag ihm doch, dass du damit ein Problem hast.«

»Ha, dann sagt er, dass andere Marketingleiter neunzig Prozent ihrer Zeit so lange arbeiten.«

»Ach, lass uns nicht mehr über Arbeit reden«, erwiderte sie und begann ihn zu küssen.

Doch er war immer noch mit seinen Emotionen beschäftigt.

»Am liebsten würde ich ihn ...«, er fand nicht den passenden Ausdruck.

»Auf den Mond schießen, Schatz.«

»Nein, nein, das ist immer noch zu gut für ihn.«

»Ach, komm, es gibt auch andere Dinge als die Arbeit und deinen Bruder.«

Er drehte sich zu ihr und blickte wie ein kleiner Junge, dem gerade jemand befohlen hat, einen Brokkoli-Auflauf zu essen.

Als sie später im Bett lagen und den letzten Tatort auf dem Laptop anschauten, sagte sie: »Meine Eltern fahren am Valentinstag weg.«

»Das ist eine gute Idee. Sie machen es genau richtig. Du hast eben eine tolle Familie.«

»Also, deine Familie ist auch nicht so schlimm. Dein Vater ist ein guter Mann und dein Bruder hat zwar einen Stock im Arsch, aber ist ein guter und fairer Chef zu mir. Jedenfalls hat er mich nicht rausgeschmissen, obwohl ich ihm den Mittelfinger gezeigt, ihn einen Trottel genannt und ihm den Parkplatz weggeschnappt habe. Ich freue mich, bald deine Mutter und deinen Großvater persönlich kennenzulernen.«

Dazu brummte Stefano nur ein mürrisches »Hm«.

»Was kann ich denn deiner Familie als Geschenk mitbringen?«, fragte Becky.

»Was für ein Geschenk?«

»Na, als Gastgeschenk?«

»Ach so. Gar nicht so einfach. Sie haben ja alles.«

»Dann bringe ich einen Kuchen mit.«

»Du willst backen?« Stefano war total verblüfft.

»Nein, es gibt da diesen kleinen Laden in der Altstadt, Naturwunder. Der Kuchen und die Pralinen dort sind einfach köstlich.«

»Von mir aus«, erwiderte Stefano. Dann sahen sie weiter den Film und sprachen nicht mehr darüber. Doch Becky freute sich. Sie würde zur Feier mitkommen und endlich seine Familie kennenlernen.

Am elften Februar brachte Becky ihre Eltern um sechs Uhr morgens zum Busbahnhof. Ihre Mutter hatte viel zu viel Gepäck und der Busfahrer war stinksauer. Nachdem sie sich zum fünften Mal umarmt und geküsst hatten, verschwanden ihre Eltern schließlich im Bus.

Am Donnerstag in der Mittagspause ging Becky zum Friseur und nach der Arbeit in die Konditorei, um den bestellten Kuchen abzuholen. Der Geburtstag war zwar erst am Samstag, aber die Familie wollte bereits am dreizehnten Februar abends zusammenkommen, damit sie dann den Tag mit einem Geburtstagsfrühstück beginnen konnten. Die Konditorin war eine sehr nette, etwas mollige Frau. Sie plauderten kurz miteinander und dann gab die Frau ihr Zartbitter-Pralinen zum Probieren, die so großartig schmeckten, dass Becky davon gleich eine Schachtel für die Steinfels-Familie kaufte. *Bittersweet Symphony* hießen die Kreationen. Was für ein interessanter Name, dachte sie.

Zu Hause angekommen probierte Becky etliche Schuhe an und überlegte, welche sie mitnehmen würde, als das Telefon klingelte. Es war Stefano.

»Amore, es ist etwas ganz Blödes vorgefallen. Meinem Großvater geht es nicht gut und deshalb fällt die Feier aus. Ich werde morgen Abend zu meinen Eltern fahren, um zu gucken, wie es ihm geht und dann bleibe ich gleich über das Wochenende. Vielleicht ist er am Samstag wieder fit genug fürs Kaffeetrinken, aber er möchte keine Besucher.«

Becky konnte nicht glauben, was sie da hörte.

»So, so, es geht ihm also nicht gut? Bin ich so anstrengend, dass ich nicht mit zum Kaffeetrinken kommen kann?

46

Wenn wir mal heiraten, geschieht das dann auch im engsten Familienkreis, ohne mich? Hältst du mich dann immer noch versteckt?«

»Amore, bitte versteh, ich habe mich unglaublich gefreut, dass du mitkommst. Du hättest wenigstens ein bisschen Leben hineingebracht. So wird es todlangweilig werden.«

»Soll ich mit deinem Vater sprechen?«

»Was? Nein, bitte nicht, es reicht, dass er einen Herzinfarkt hatte. Amore, sobald es Opa gut geht, stelle ich dich meiner Familie vor. Es ist nur jetzt grad ungünstig, erst das mit Papa, und Großvater hat es ja auch mit dem Herzen. Aber nach dem Fest komme ich bei dir vorbei und dann feiern wir den Valentinstag nach, versprochen.«

Er weinte fast und plötzlich tat er ihr leid. Vielleicht machte er sich ja wirklich Sorgen um seinen Großvater. Aber trotzdem wollte Becky nicht einfach so klein beigeben.

»Ich habe mir extra ein Kleid gekauft und sogar einen Kuchen für deine Familie.«

»Oh Amore, es tut mir so leid, Amore.«

»Ist schon gut, ich feier einfach alleine.«

»Ich verspreche, ich komme am Sonntag vorbei und lasse mir etwas einfallen, um alles wiedergutzumachen.«

KAPITEL 6

Am nächsten Morgen rief Friedrich Steinfels an. Becky hatte sich den Tag freigenommen, weil sie bereits am Nachmittag mit Stefano zu seiner Familie fahren wollte. Nun lag sie um elf Uhr immer noch im Bett und konnte sich nicht dazu aufraffen, etwas Sinnvolles zu tun. Sie hatte einfach keinen Kopf frei, um zu lernen. Immer wieder fragte sie sich, ob Stefano es wirklich ernst mit ihr meinte.

»Es tut mir schrecklich leid, Sie an Ihrem freien Tag zu stören«, entschuldigte sich Friedrich. »Ich suche einen E-Mail-Verkehr meines Vaters und finde ihn nicht. Könnten Sie mir da helfen? Ich stehe etwas unter Zeitdruck.«

Da sie eh nichts zu tun hatte, sagte Becky: »Ach wissen Sie, ich komme einfach vorbei.«

Im Büro angekommen, sah sie Friedrich das erste Mal in Jeans und T-Shirt – aber nicht in diesen Zahnarzt-Jeans und Polo-Shirts, die sie bei einem Mann wie ihm erwartet hatte. Er trug ein T-Shirt der Toten Hosen und eine alte, abgewetzte Jeans. Darin sah er richtig sympathisch aus.

Friedrich sah ihren erstaunten Blick.

»Entschuldigen Sie meine Aufmachung. Eigentlich wollte ich heute direkt zu meinen Eltern fahren. Aber jetzt musste ich doch noch einmal ins Büro.«

Sie lächelte.

»Vielen Dank, dass Sie so schnell vorbeigekommen sind«, sagte er.

»Kein Problem. Ich fahre gleich den Rechner hoch.«

»Ich hoffe, Ihr Freund ist nicht sauer? Sie wollten sich doch seinetwegen freinehmen ...«

»Nein, da hat sich etwas anderes ergeben.«

»Oh, tut mir leid«, erwiderte er.

»Und bei Ihnen?«, fragte sie und dachte sofort, dass diese Frage vielleicht etwas unpassend gewesen war.

Aber Friedrich antwortete mit ruhiger Stimme: »Ach, immer noch das Gleiche. Meine Mutter ist unglaublich enttäuscht, dass ich in meinem Alter immer noch alleine bin, aber vor allem Opa wird mir und Stefano vorwerfen, dass wir nicht einmal in der Lage sind, Frauen zu finden. Doch das bin ich mittlerweile gewohnt. Ich wollte einfach ein ruhiges Fest haben, deswegen hatte ich Sie gefragt, ob Sie mitkommen.«

»Geht es Ihrem Großvater denn wieder besser?«

»Äh ja, warum? Meinem Vater geht es bekanntlich nicht so gut.«

»Ja klar, ich dachte nur ... äh«, ja was eigentlich? »Aber Ihr Großvater, hatte der es nicht auch irgendwie mit dem Herzen?«

»Ach, mittlerweile denke ich, dass der mit dem Herzen gar nichts hat, sondern uns damit nur unter Druck setzt. Jedenfalls geht es ihm gut und er freut sich sicher schon auf ein ganzes Wochenende mit der Familie.«

Rebekka fühlte sich wie vom Blitz getroffen.

»Dann feiern Sie wie geplant? «

»Aber natürlich. Opa liebt Geburtstagsfeiern, er feiert gerne in den Geburtstag rein und auch wieder raus, wie er immer sagt. Vater darf sogar für das Wochenende aus der Kur zurückkommen.«

Es dauerte einen Moment, bis Becky die volle Bedeutung von Friedrichs Worten erfasste.

»Geht es Ihnen nicht gut?«, hörte sie ihn besorgt fragen. »Ist etwas mit Ihnen?«

»Äh, nein, nein, alles bestens.«

Sie setzte sich an den Rechner. Mit großer Mühe suchte sie die E-Mails heraus, die Friedrich Steinfels benötigte, während ihre Gedanken in ihrem Kopf kreisten. Danach saß sie eine Weile einfach nur da und starrte auf den Bildschirm. Irgendwann trat der Juniorchef in ihr Zimmer.

»Sie können jetzt gehen. Vielen Dank für Ihre Hilfe. Das schätze ich wirklich sehr.«

»Sagen Sie, gilt Ihr Angebot eigentlich immer noch?«

Er schaute sie verdutzt an.

»Das für heute Abend«, ergänzte Becky.

»Sie meinen, dass Sie sich als meine Freundin ausgeben? Klar.« Er lachte. »Sie dürfen aber keinen beleidigen und auch nicht den Mittelfinger zeigen, egal, wie sauer Sie sind.«

»Ich werde mich zurückhalten und nehme das Angebot an«, erwiderte Becky lächelnd. *Auch wenn es mir bei Ihrem Bruder schwerfallen wird*, fügte sie in Gedanken dazu.

»Cool!«, sagte er.

Becky fragte sich, ob sie sich verhört hatte. Hatte er wirklich »Cool« gesagt?

»Da ist noch etwas«, sagte er.

Sie schaute ihn an.

»Wir müssen uns unbedingt duzen. Friedrich.«

»Rebekka ... Becky.«

»Ein sehr schöner Name.«

»Danke, ist aus der Bibel.«

»Ich weiß«, sagte er. »Dann müssen wir uns unbedingt noch ein bisschen über uns erzählen und unsere Beziehung besprechen. Ich meine, unsere angebliche Beziehung«, fügte Friedrich schnell hinzu. »Wann wir zusammengekommen sind, und so.«

»In der Nähe gibt es ein nettes Café. Dort könnten wir

alles besprechen. Am besten, wir nehmen meinen Laptop mit und notieren alles.«

Sie verbrachten eine knappe Stunde dort und machten sich Notizen zu Lieblingsfarben, Geburtsdaten, Familie und dem Studium. Friedrich erzählte ihr auch, was er im Ausland gemacht hatte. Er hatte für Hilfsorganisationen gearbeitet. Es wunderte sie, dass sein Vater und sein Bruder nie etwas davon erwähnt hatten. Das klang richtig spannend, auch wenn sie vermutete, dass Friedrich froh war, dass er endlich einen richtigen Job hatte, bei dem man gut verdiente.

Zu guter Letzt stand noch die Frage im Raum, was sie erzählen würden, wenn jemand fragte, wie sie ein Paar geworden waren. Diesen Punkt fertigte Friedrich erstaunlich schnell und unsentimental ab. Becky hätte gern noch länger darüber nachgedacht. Wann hatte man schon einmal die Gelegenheit, sich die perfekte Kennenlern-Geschichte auszudenken?

»Das wird endlich mal ein lustiges Familienfest«, sagte Friedrich. »Mein Großvater wird Augen machen. Er möchte unbedingt, dass seine Enkelsöhne heiraten und Nachwuchs für die Familiendynastie produzieren.«

»Warum suchen Sie ... äh, warum suchst du dir nicht einfach eine nette Frau und gründest eine Familie?«

»Ein bisschen Rebellion muss sein«, antwortete er und lächelte verschmitzt.

»Und warum sagst du deinem Großvater nicht einfach die Meinung?«, fragte Becky nach.

Friedrich schaute sie einen Moment an. »Berechtigte Frage. Einerseits sind wir Gefangene unserer eigenen Familien und zweitens verfügt er über das ganze Erbe. Er knüpft an alles Bedingungen, zum Beispiel, dass er seinen Segen zu den zukünftigen Frauen seiner Enkel geben will, sonst vererbt er alles an seine Pflegerin.«

Rebekka fühlte sich wie vom Blitz getroffen. Nahm Stefano sie deshalb nicht mit und erfand fadenscheinige Ausreden? Weil er sie nicht für präsentabel genug hielt?

»Und die Frauen müssen Italienerinnen sein?«

»Italienerinnen? Nein, er ist ja Preuße. Klar, er hatte nichts dagegen, dass mein Vater eine Italienerin heiratete ...«

»Ist ja auch egal«, unterbrach sie ihn. Konnte es sein, dass Stefano die Sache mit der italienischen Frau nur vorschützte? Oder war es am Ende so, dass er wegen der Mutter nur eine Italienerin bringen durfte, die auch noch dem preußischen Großvater gefallen musste? Was für eine sonderbare Familie ...

»Ich persönlich glaube ja nicht an die eine große Liebe«, sagte Friedrich.

Becky runzelte die Stirn. Da hatte sie sich ja einen schönen falschen Freund geangelt. Aber es ging bei ihrem Auftritt nicht um Romantik, also passte das schon.

»Was machst du beim nächsten Familienfest?«, fragte sie.

»Da denke ich mir etwas Neues aus«, meinte er nachdenklich. »Vielleicht haben Sie, äh du, da ja auch Zeit«, ergänzte er mit einem verschmitzten Lächeln. »Ich hole dich dann gegen sechzehn Uhr ab. Oh, das ist in einer Stunde. Dann müssen wir wohl gleich los.«

Nach einer kurzen Pause sagte er: »Danke.«

»Ist schon okay, hab eh nichts Besseres zu tun.«

»Tut mir leid.«

»Schon okay«, erwiderte Becky etwas traurig, doch dann besann sie sich und fügte hinzu: »Lass uns gleich zu mir fahren, dann weißt du, wo ich wohne. Ich ziehe mich um und wir können noch ein paar Dinge besprechen.«

Friedrich musterte sie etwas pikiert. Vermutlich wunderte er sich über diese flotte Einladung zu ihr nach Hause.

»Was die Feier betrifft. Rein geschäftlich«, fügte Becky deshalb beschwichtigend hinzu.

Das konnte ja heiter werden!

»Gute Idee.«

Friedrich folgte ihr in dem Porsche Cayenne seines Vaters. Nach dem Röhren des Motors zu urteilen, hatte er sich noch immer nicht an die Besonderheiten des Wagens gewöhnt.

Bei ihr angekommen, bat sie ihn sich zu setzen.

»Und privat fährst du einen Saab?«, fragte sie.

»Nein, der war geliehen. Ich habe kein Auto, ich bin begeisterter Fahrradfahrer.«

Sie staunte. »Ich kenne keinen Manager, der nur ein Fahrrad besitzt.«

»Gerade in dieser Position benötigt man eigentlich kein Auto«, erwiderte er.

»Und du magst die Toten Hosen?«

»Ja, die sind ganz okay. Fand ich zumindest vor zwanzig Jahren«, fügte er lächelnd hinzu und sah sich in der Wohnung um.

»Das T-Shirt ist zwanzig Jahre alt?«, fragte sie.

»Erwischt«, antwortete er und blickte an sich herab. »Dann fand ich die vor zehn Jahren wohl immer noch spitze.«

Eigentlich war er ganz nett, der Steinfels junior. Außerhalb der Arbeit war auch der Stock im Hintern weg. Oder war er allgemein gar nicht so steif und arrogant und es nur noch nicht gewohnt, den Chef zu spielen?

»Ich gehe mich schnell umziehen.«

»Für die nächsten zwei Tage kannst du für abends etwas Eleganteres und für nachmittags ruhig etwas Legeres einpacken«, schlug er vor.

»Okay«, antwortete sie.

Ihre Tasche war natürlich schon seit Tagen gepackt. Sie hatte stundenlang überlegt, was passend wäre und für alle Fälle ein bisschen mehr eingepackt. Man wusste ja nie. Vor allem bei den Schuhen war sie sich unsicher gewesen.

Nun verschwand sie im Schlafzimmer, zog sie sich ihr Etui-Kleid an und legte die Perlenkette um. Dummerweise klappte es nicht so gut mit dem Schließen der Kette.

»Äh, kannst du mir kurz helfen?«, rief Becky.

Vorsichtig öffnete er die Tür und kam in ihr Schlafzimmer.

»Was möchtest du?«, fragte er.

»Kannst du mir die Kette schließen?«

»Aber gerne«, sagte er, nahm die Kette und mit einem Klick war sie zu.

»Du hast Übung?«

»Ja, für solche Dinge werden Männer zum Glück noch gebraucht.«

Er hatte sogar etwas Humor.

Mit einem Blick auf die Tasche meinte er: »Du bist die schnellste Taschenpackerin, die ich kenne.«

Sie zuckte nur mit den Achseln. »Die war für eine andere Reise vorgepackt. Ich denke, das passt auch für dieses Wochenende. Ich habe außerdem einen sehr leckeren Kuchen und Pralinen. Die kann ich als Geschenk mitbringen.«

»Das bezahle ich selbstverständlich.«

»Musst du nicht.«

»Doch, doch, du sollst keinerlei Ausgaben haben«, erwiderte er bestimmt.

»Nein, Geschenk ist Geschenk. Du kannst mir ja meinen Lohn erhöhen«, entgegnete Becky mit einem Augenzwinkern. Sie wollte bei ihrer ersten Begegnung mit Stefanos Eltern nicht mit einem falschen Geschenk erscheinen. Wenigstens das sollte echt sein.

»Einverstanden«, antwortete er und nahm ihre Tasche.

»Dann lass uns unsere Geschichte noch einmal durchgehen«, fuhr er auf dem Weg zum Auto fort. »Als ich die Leitung des Unternehmens übernommen habe, habe ich mich gleich in dich verliebt. Du wolltest natürlich nichts mit deinem Chef anfangen, aber wir verstehen uns so gut, dass wir einfach nicht gegen diese Liebe ankämpfen wollten.«

»Es war einfach unmöglich, gegen die Liebe anzukämpfen. Klingt gut.«

Friedrich lachte. »Mir könnte so was nie passieren. Ich lasse mich doch nicht von meinen Gefühlen überrumpeln ...«

Da war er wieder, dachte sie: der Langweiler. Becky dachte an Stefano. Er würde so schrecklich eifersüchtig werden, wenn er sie mit seinem Bruder sah. Das würde spannend werden. Doch sie war auf Kampf aus. Das sollte ihn lehren, sie in Zukunft besser zu ehren. Vielleicht würde er dann seiner Mutter und dem Großvater die Wahrheit sagen. Sie merkte, dass sich trotz ihrer Wut eine große Aufregung in ihr breitmachte.

»Und dein Freund hat nichts dagegen?«

»Ach, der muss übers Wochenende arbeiten«, log sie.

»Oh, das tut mir leid.«

KAPITEL 7

Nach ungefähr vierzig Minuten erreichten sie das Steinfels-Anwesen, das außerhalb der Stadt lag, malerisch zwischen ein paar Weinbergen. Als sie das riesige Haus sah, verließ Becky der Mut. Am liebsten wäre sie nach Hause gegangen und hätte sich unter ihrer Decke verkrochen. Doch es war zu spät.

»Bereit für den Kampf?«, fragte Friedrich, als sie das eiserne Tor passierten und er vor dem Haus parkte.

Sie nickte und lächelte. Sie betrachtete die Villa aus der Jahrhundertwende, die ein sehr großer Garten umgab. Becky überlegte, ob sie jemals solch ein Anwesen betreten hatte. In der Nacht hatte es geschneit. Die weiße Schicht, die den Garten und die Dächer umhüllte, ließ die ganze Szenerie noch unwirklicher erscheinen.

Noch bevor sie sich überlegen konnte, wie sie die Eltern begrüßen könnte, trat Stefano aus dem Haus. Ihm fiel die Kinnlade herunter, als er sie erblickte. Friedrich war gerade mit dem Gepäck beschäftigt, sodass er davon nichts mitbekam.

Becky ging zu Stefano, um zu erklären, wieso sie hier war. Doch er fuhr sie an, bevor sie etwas sagen konnte.

»Was machst du hier? Oh, Dio mio. Meine Mutter bekommt einen Herzinfarkt«, zischte er.

In Becky stieg eine enorme Wut auf. Waren in dieser Familie etwa alle herzkrank?

»Hallo Stefano, wie geht es dir? Ich freue mich auch, dich zu sehen.«

»Was hast du meinem Bruder erzählt, dass er dich hergefahren hat?«, fragte Stefano leise, aber mit unverhohlener Wut in der Stimme.

»Mach dir keine Sorgen, Stefano, ich bin mit Friedrich hier.«

»Mit Friedrich ...?«

Bevor Stefano etwas erwidern konnte, sagte sie: »Was sollte denn dieser Unfug, den du mir die ganze Zeit über deine Mutter erzählt hast?«

»Was denn? Mutter wünscht sich wirklich eine italienische Schwiegertochter. Das ist keine Lüge«, verteidigte er sich.

»Das mag schon sein. Aber ich habe mittlerweile eher den Eindruck, dass du mich nicht mitnehmen wolltest, weil dein Großvater das Erbe an Bedingungen knüpft. Hältst du mich nicht für präsentabel genug?«

»Hat mein Bruder das erzählt?«

In diesem Moment kam Friedrich zu ihnen und unterbrach sie.

»Meinen Bruder kennst du ja von der Arbeit«, sagte Friedrich zur Begrüßung.

Stefanos Mund stand offen und seine Augen waren weit aufgerissen.

»Aha, ihr wollt arbeiten?«, fragte er dann verblüfft.

»Nein, kleiner Bruder, wir sind nur zum Feiern hier.«

Er verstand ganz offensichtlich gar nichts.

»Darf ich vorstellen, Rebekka, meine Freundin.«

Stefanos Mund ging auf und zu wie bei einem Goldfisch, doch er schaffte es nicht, ein Wort herauszubringen.

»Die Überraschung ist mir wohl gelungen«, meinte Friedrich lächelnd. »Lass uns reingehen, Rebekka«, sagte er und legte seinen Arm um ihre Schulter. »Wir wollen ja nicht, dass die junge Dame sich erkältet.«

Sie stiegen die Stufen empor und ließen einen völlig hilflosen Stefano zurück. Becky sah sich noch einmal nach ihm um und warf ihm einen triumphierenden Blick zu.

Das Lektionen-Erteilen fühlte sich richtig gut an!

Im Haus angekommen stellte Friedrich erst einmal die Koffer ab. Dann rief er: »Wir sind da!«

Becky war etwas eingeschüchtert von diesem großen Haus, dessen Foyer so groß wie ihre ganze Wohnung war. Sie standen ein Weilchen im Gang, bis Friedrichs Mutter auftauchte. Sie war eine große Frau mit grauen Haaren und einem sehr schönen Gesicht. Rebekka konnte sich vorstellen, dass sie in jüngeren Jahren eine Schönheit gewesen sein musste, jetzt war sie etwas reifer, aber immer noch sehr hübsch. Sie war freundlich, wenn auch nicht herzlich. Doch das gab es wahrscheinlich bei Menschen mit ihrem Vermögen nicht.

»Federico, da bist du ja!« Die Mutter sprach mit leichtem italienischen Akzent.

Sie begutachtete Becky aus dem Augenwinkel, während sie ihren Sohn mit Küsschen links und rechts begrüßte. Becky reichte sie die Hand.

»Guten Abend, Mamma. Darf ich vorstellen. Das ist Rebekka«, sagte Friedrich und umfasste ihre Schultern wieder mit seinem Arm.

Becky fand Gefallen an ihrer Rolle und beschloss, das Wochenende zu genießen. Und vor allem wollte sie Stefano gehörig eins auswischen. Selbstbewusst gab sie der Mutter die Hand.

»Von Ihnen habe ich viel gehört«, meinte Frau Steinfels ernst, um dann mit einem Lächeln fortzufahren, »vor allem mein Mann schwärmt von Ihnen.«

Rebekka lächelte freundlich und fragte: »Wie geht es Herrn Steinfels?«

Frau Steinfels schüttelte den Kopf. »Wir haben ihn übers Wochenende aus der Kur geholt. Und nun behauptet er, es ginge ihm so gut, dass er auf die Jagd gehen könne. Er ist losgezogen, um das Mittagessen für morgen selbst mitzubringen.«

Bei dem Gedanken an ein frisch geschossenes Reh oder einen Hasen wurde Rebekka ganz schlecht.

»Herr Steinfels ist Jäger?«

»Wussten Sie das nicht?«

»Nein, für private Gespräche bleibt bei der Arbeit keine Zeit«, sagte sie und fand ihre Antwort wirklich gelungen.

»Ach was, für private Gespräche mit der Sekretärin bleibt doch immer Zeit«, erwiderte die Mutter.

Ich bin keine Sekretärin!, hätte Becky am liebsten korrigiert, aber sie nahm sich zusammen. Stattdessen fragte sie nur freundlich: »Ach ja?«

»Na ja, nehme ich an. Mein Vater stammt aus einer alten Adelsfamilie. Er hätte mir nicht einmal erlaubt zu studieren. Dann lernte ich Albert kennen und bald kamen die Kinder, damit war mein Schicksal als Mutter besiegelt.«

Es klang nicht so, als bereute sie diese Entscheidung.

»Und heute möchten die Männer unbedingt, dass die Frauen arbeiten, trotz Kindern«, sagte Becky spontan und fragte sich, ob das clever gewesen war.

Friedrich rettete die Situation, indem er sofort einfiel: »Also von mir aus, musst du nicht arbeiten, wenn wir Kinder haben.«

Dann gab er ihr einen Kuss auf die Wange.

Moment, hatte er nicht gesagt: »Ohne körperliche Interaktionen«? Becky hatte zwar kein Problem mit einem freundschaftlichen Wangenkuss, aber allmählich ging ihr diese Umarmerei und Küsserei ein bisschen auf die Nerven. Jetzt lächelte sie nur dazu, aber wenn sie alleine wären, würde sie ein Wörtchen mit ihm reden.

Becky erinnerte sich an ein Interview mit irgendeiner jungen Schauspielerin. Darin hatte diese gesagt, dass sie immer der Charakter wurde, den sie spielte, sie identifizierte sich zu hundert Prozent damit. Vielleicht sollte sie das auch machen. Sie könnte sich einfach vorstellen, dass Friedrich ihr wirklich gefiel. Auch wenn das ein bisschen schwer war. Gerade als sie diese Gedankengänge hatte, kam Stefano herein.

»Stefano, mein Kleiner«, sagte die Mutter liebevoll. »Wo ist denn deine Freundin?«

Becky schnappte nach Luft. Hatte sie sich gerade verhört? Von welcher Freundin sprach seine Mutter?

Stefano wurde blass und sagte leise: »Maria kommt gleich.«

Er konnte Becky nicht in die Augen sehen, als sie ihn anstarrte. In ihr stieg eine unglaubliche Wut auf. Am liebsten hätte sie in geschlagen, doch ihre Gedanken wurden unterbrochen.

»Frau Silber kennst du von der Arbeit?«, fragte Frau Steinfels nun.

»Frau Silber, aber natürlich«, zischte er. »Wie geht es Ihnen?«

Sie schaute zu Friedrich und dachte daran, dass sie hier war, um eine Rolle zu spielen, und die würde sie durchziehen. *Kopf hoch, Mädchen. Du wirst es ihm zeigen. Nur nicht an deine Gefühle denken.*

»Ach«, sagte Becky. »Sollen wir uns nicht endlich duzen? Wir sind schließlich nicht bei der Arbeit – und jetzt, wo Friedrich und ich ein Paar sind, werden wir uns sicher häufiger sehen.«

Stefano nickte.

»Lasst uns ins Wohnzimmer gehen«, sagte die Mutter.

»Gleich Mamma, wir bringen noch kurz unser Gepäck auf die Zimmer«, erwiderte Friedrich.

»Ach ja, ich hab dein altes Zimmer herrichten lassen«, sagte sie. »Ihr jungen Leute wollt wahrscheinlich gemeinsam in einem Zimmer übernachten? Das verraten wir Großvater aber nicht, capito?«

Über die Übernachtung hatte Becky noch gar nicht nachgedacht. Sie wollte auf keinen Fall mit ihrem Chef ein Zimmer teilen!

»Also, wir können gerne in getrennten Zimmern übernachten, wenn der Großvater das so möchte«, sagte sie deshalb, glücklich über diese Ausrede.

Frau Steinfels sah sie misstrauisch an. »Aha. Aber dann müssen wir noch ein Zimmer herrichten.«

»Nein, nein, Mutter, mach dir keine Umstände. Wir freuen uns auf ein bisschen Zweisamkeit nach dem ganzen Stress«, sagte Friedrich und wandte sich an Becky: »Opa muss es ja nicht erfahren.«

»Nun gut, dann treffen wir uns in einer Stunde zum Abendessen.«

Mit diesen Worten verschwand Frau Steinfels hinter einer der vielen Türen.

»Kaum zu glauben, dass Mamma Italienerin ist, bei der Pünktlichkeit«, sagte Friedrich. »Sag mal, Stefano, geht es dir nicht gut?«

Der schüttelte nur den Kopf.

Friedrich nahm die Koffer und ging die Treppe hinauf. Als Becky ihm folgen wollte, flüsterte ihr Stefano ins Ohr.

»Ich kann dir alles erklären.«

»Da bin ich aber gespannt.«

»Später«, flüsterte er. »Und was soll das mit meinem Bruder? Willst du dich irgendwie rächen, weil ich dich nicht mitgenommen habe?«

Becky blickte ihn nur an.

»Nein, man nennt es Liebe.«

Stefano sah ihr sprachlos hinterher, als sie an ihm vorbeiging.

KAPITEL 8

Friedrichs Zimmer war riesig, sie hatte noch nie ein so großes Jugendzimmer gesehen. Es gab sogar ein eigenes Badezimmer. Die Einrichtung hingegen war schlicht, an der
Wand hingen ein paar Poster von den Toten Hosen, sonst
gab es nur eine Ledercouch, ein großes Bett, einen Fernseher, einen Schrank, einen Schreibtisch und das war es.

»Sehr reduziert«, meinte Becky.

»Als ich hier noch wohnte, gab es mehr Kram, doch
meine Mutter wollte es zu einem präsentablen Gästezim-
mer umgestalten.«

»Die Poster hat sie hängen gelassen.«

»Ich hab sie immer wieder aufgehängt, so dass sie irgendwann keine Lust mehr hatte, sie wieder abzuhängen.«

Ganz schön stur der Typ, dachte Becky.

Dann fiel ihr Blick auf ein leicht vergilbtes gerahmtes
Foto an der Wand. Es zeigte Friedrich und Stefano als
Kinder mit einem lächelnden älteren Mann, der Friedrich
ziemlich ähnlich sah.

»Ist das euer gefürchteter Großvater?«, fragte sie.

»Ja«, antwortete Friedrich. »Als wir Kinder waren, hat
Opa ständig etwas mit uns unternommen. Das Bild ist
in Südfrankreich entstanden. Da muss Stefano etwa sieben gewesen sein und ich so zwölf, dreizehn. Da ist er
oft allein mit uns in Urlaub gefahren. Das war immer
ein großes Abenteuer, wir haben die komischsten Sachen
erlebt.«

»Das klingt nach einem tollen Opa!«

»Tja«, sagte Friedrich. »Schade, wie eigensinnig manche
Menschen im Alter werden.«

Er seufzte. Er schien wirklich zu bedauern, dass sein Großvater nicht mehr der unternehmungslustige, nette Kerl war wie in seiner Kindheit.

Becky fragte sich, wie der alte Mann wohl auf sie reagieren würde. Müde ließ sie sich auf die Couch fallen und atmete tief durch. Die Begegnung mit Stefano saß ihr in den Knochen. Seine Erklärung für die Anwesenheit dieser Maria würde hoffentlich eine sehr, sehr gute Erklärung sein.

»Warum müssen wir uns eigentlich ein Zimmer teilen?«, fragte Becky. »Diese Idee gefällt mir ganz und gar nicht.«

»Na ja, wenn ich um getrennte Zimmer gebeten hätte, dann hätte meine Mutter vielleicht Verdacht geschöpft. Weißt du, sie befürchtet, dass ich kein Interesse an Frauen habe und sie niemals Enkel haben wird. Hast du ihren misstrauischen Blick gesehen?«

»Und, stimmt das?«, fragte Becky direkt heraus. Sie war gerade viel zu aufgewühlt, um diplomatisch zu sein.

»Ach, Kinder in die Welt setzen ... ich weiß nicht. Was ist, wenn die Beziehung in die Brüche geht? Heutzutage kann man doch schon froh sein, wenn man ein paar Jahre zusammenbleibt.«

Becky schnaufte. »Geht das schon wieder los. Wo hast du denn den Blödsinn her?«

»Ich bin einfach nur Realist. Sieh dir doch die Scheidungsraten an.«

»Aber wo bleibt da die Romantik, wenn du so denkst?«

»Ach, das ist doch alles nur eine Erfindung der Geschenke-Industrie. So wie der Valentinstag. Alle wollen nur, dass wir kaufen und die Wirtschaft in Schwung halten. Das ist die Romantik der Neuzeit.«

»Mit dem realistischen Blick wirst du nie eine Frau finden!«

Er zuckte mit den Achseln. »Dann ist das eben so. Ich bin sowieso viel zu beschäftigt.«

»Andere Firmenchefs haben auch Kinder ...«

Er winkte ab. »Nein, das meine ich nicht. Sobald es Vater besser geht, soll er sich wieder um das Unternehmen kümmern. Ich habe noch wichtigere Dinge, um die ich mich kümmern muss.«

Wahrscheinlich wollte er als Nächstes Präsident werden oder Ähnliches, dachte Becky. Friedrich war eben total überheblich. Sie ersparte es sich nachzufragen, welche wichtigen Projekte ihm denn vorschwebten. Eine weitere Belehrung von ihm würde sie jetzt nicht ertragen.

Stattdessen sagte sie: »Deine Eltern sind aber immer noch verheiratet.«

»Ja, klar. Aber nur weil mein Vater sich rund um die Uhr in seine Arbeit verkrochen hat. Jetzt ist er kaum aus dem Krankenhaus raus und schon wieder auf der Jagd. Hauptsache, er muss nicht allein mit meiner Mutter zu Hause sitzen. Ich glaube nicht, dass die beiden sich viel zu erzählen hätten.«

»Ihr seid eine komische Familie. Also ich will mal mit meinem Ehemann zusammen glücklich alt werden. So wie meine Eltern.«

»Wenn du daran glaubst«, sagte er trocken. »Wer weiß, vielleicht kann dein Freund dir ja das alles bieten ...«

»Ja. Mein Freund trägt mich auf Händen«, erwiderte Becky trotzig. »Irgendwann wird deine Familie schon herausfinden, wie du wirklich über Familie und Kinder denkst.«

»Aber jetzt habe ich noch meine Ruhe und bin nicht dafür verantwortlich, dass wieder jemand einen Herzstillstand erleidet«, entgegnete er trocken.

»Und dein Bruder?«, diese Frage konnte sie sich nicht verkneifen. »Wie sieht es bei dem mit der Familienplanung aus?«

»Ach, der … Mamma und Großvater haben ihn fest im Griff. Nur die Frau, die ihren Segen hat, wird er ehelichen. Jede zweite Familienfeier präsentiert er ihnen eine neue Kandidatin. Und jedes Mal fällt er mit ihr bei meiner Mutter und meinem Großvater durch. Bin gespannt, wen er diesmal mitbringt. Bestimmt wieder eine möglichst junge, gut aussehende, aus gutem Hause, um meine Mutter und meinen Großvater zu beeindrucken.«

Becky sog wütend die Luft ein. In diesem Moment klopfte es an der Tür. Es war Stefano.

»Was kann ich für dich tun?«, fragte Friedrich.

»Kann ich etwas von deinem Rasierschaum haben? Meiner ist leer.«

»Klar«, antwortete Friedrich und ging ins Bad.

»Es dauert nur einen Moment, ich habe noch nicht ausgepackt«, rief er dann.

Schnell fragte Stefano mit leiser Stimme: »Was ist dein Plan, willst du es mir heimzahlen?«

»Ist deine *Freundin* schon da?«, entgegnete Becky flüsternd.

»Das ist doch nur ein Spiel, damit mein Großvater Ruhe gibt.«

»Ach, ich bin also nicht gut genug, um ihn zu beeindrucken?«

»Das mit dir ist etwas ganz anderes. Das braucht Zeit. Du kennst meine Familie nicht. Großvater ist Preuße. Aber du hast nichts mit meinem Bruder? Sag, dass das alles nur eine Show ist.«

»Friedrich schämt sich meiner nicht«, sagte Becky, um ihn zu provozieren.

»Aber er meint es doch nicht ernst mit dir!«

»Ernster als du«, erwiderte sie.

»Na, was wird da getuschelt?«, fragte Friedrich mit einem Lächeln, als er zurück in das Zimmer kam.

»Ach, nur Marketingkram.«

»Hier ist der Rasierschaum.«

»Äh, was?« Stefano sah seinen Bruder verwundert an.

»Deiner ist doch leer.«

»Ja, klar.« Er nahm den Rasierschaum, rührte sich aber nicht von der Stelle.

»Brauchst du noch etwas?«

»Äh, nö. Wollte nur mal sehen, wie es euch so geht.«

»Gut, Stefano, wenn du uns dann entschuldigst.«

Stefano schaute sie beide entgeistert an.

»Bis später«, sagte Friedrich, als er ihn in Richtung Ausgang schob.

Die Tür schloss sich, bevor seinem Bruder eine neue Ausrede eingefallen war, um länger im Zimmer bleiben zu können.

»Deine Anwesenheit macht ihn irgendwie nervös«, sagte Friedrich, als sie wieder allein waren.

»Wie regeln wir das mit dem Schlafen?«, fragte Becky, um vom Thema abzulenken.

»Du kannst natürlich im Bett schlafen. Ich übernachte auf der Couch.«

Sie konnte sich immer noch nicht an den Gedanken gewöhnen, das Zimmer mit ihrem Chef zu teilen. Vor allem weil sie keinen Pyjama mitgenommen hatte, sondern nur ein Spaghetti-Hemd. Sie schlief normalerweise gerne in Hemd und Slip.

»Hast du eine Pyjama-Hose für mich?«

Er blickte sie verwundert an.

»Ich habe eben in all dem Stress keinen Pyjama einge-packt«, erklärte Becky entschuldigend.

»Irgendwo in einer der Schubladen müsste einer sein. Ich trage aber auch nur Shorts. Ich hoffe, das stört dich nicht.«

»Natürlich nicht«, schwindelte sie.

Sie wollte nicht zugeben, dass es sie sehr wohl störte, mit einem Mann im passenden Alter in einem Zimmer zu schlafen, der außer kurzen Hosen nichts anhatte und zudem noch ihr Chef war.

Zum Glück fand sie einen alten Pyjama von Friedrich, der an ihr sicher wie ein Zirkuszelt aussehen würde. Sie nahm sich gleich noch ein T-Shirt, bei Spaghetti-Hemden wusste man nie, ob nicht doch etwas hervorblitzte.

»Kann ich eigentlich das Kleid heute Abend anlassen?«, fragte sie.

»Klar, es sieht entzückend aus. Ich glaube, meine Mutter mag dich.«

»Diesen Eindruck kann ich nicht teilen. Man kommt sich wie beim Vorstellungsgespräch vor«, erwiderte Becky gestelzt.

»Eigentlich ist sie ganz nett, sie will wie jede Mutter nur das Beste für ihre Kinder.«

»Na ja, man kann es auch übertreiben.«

»Das stimmt. Aber für dich steht zum Glück nichts auf dem Spiel«, sagte er.

Von wegen! Sie wollte, dass Stefanos Mutter sie mochte. Becky ging ins Bad, und als sie herauskam, stand Friedrich nur in Unterhosen da. Sie musste sich eingestehen, dass er darin eine sehr gute Figur machte. Er hatte breite Schul-tern und auch einen knackigen Hintern.

»Oh, Entschuldigung, soll ich?«, sie zeigte auf das Bad.

»Nein, hast ja bestimmt alles schon mal gesehen«, sagte er und lachte.

»Ja, aber … du bist mein Chef!«

»Ich bin auch nur ein Mensch.«

Sie wollte nicht verklemmt wirken, deshalb blieb sie. Friedrich zog sich seine Anzughose an. Becky saß auf dem Bett und beobachtete ihn heimlich. Dann bekam sie eine SMS. Es war ihre Mutter.

»Wir sind angekommen. Es ist wunderbar hier.«

Sie hatte auch gleich ein paar Fotos von ihrer ersten Wanderung geschickt. Nun saßen sie scheinbar in einer Kneipe.

»Wie ist es bei Stefanos Eltern?«, fragte ihre Mutter.

»Alles gut«, schrieb sie knapp zurück.

»Bereit für das Abendessen?«, fragte Friedrich. »Oder musst du erst ein paar SMS verschicken?«

Sie lächelte schief.

»Sehr witzig. Ich bin fertig.«

KAPITEL 9

Friedrich nahm sie an der Hand und führte sie in das Esszimmer im Erdgeschoss. Der Begriff Esszimmer war etwas untertrieben, es war locker achtmal so groß wie die Essecke ihrer Eltern. Ein langer Tisch stand in der Mitte, an dem für sieben Personen gedeckt war. Es standen jedoch zwölf Stühle da. Die antiken Möbel waren bestimmt wertvoll. Beckys Möbel waren überwiegend von Ikea und vom Flohmarkt, so dass sie sich nicht so gut damit auskannte. Aber es sah teuer aus. Sie war ein bisschen unsicher, ob sie sich auch gut benehmen würde. Noch waren Friedrich und sie ganz allein im Raum.

»Wir treffen uns erst im Wohnzimmer. Ich wollte dir nur zeigen, wo wir später essen werden.«

»Natürlich«, erwiderte Becky.

Dann gingen sie durch eine breite Tür ins Wohnzimmer, wo Herr Steinfels senior mit seiner Frau auf einer edlen blauen Couch saß.

»Frau Silber, das ist aber eine Überraschung.«

Becky lächelte ihren Senior-Chef an.

Oh, ich weiß nicht, ob ich das hinkriege. Ich muss allen etwas vorspielen, sogar dem alten Herrn Steinfels, dachte sie.

»Das ist ja wie damals mit Magdalena und mir, nicht wahr, Schatz«, sagte Herr Steinfels begeistert.

Seine Frau lächelte gezwungen.

»Das war anders und andere Zeiten, Albert.«

»Nein, bei uns ging es auch ruckzuck. Das war genauso. Hätte ich gewusst, dass unser Friedrich und Sie, ach, dann hätte ich Sie ihm früher vorgestellt.«

Er strahlte. Scheinbar freute er sich wirklich. Becky war

froh, dass dies wenigstens für einen in Stefanos Familie galt.

»Wo ist Stefano denn?«, fragte Herr Steinfels dann.

»Ich glaube, er macht sich noch fertig«, antwortete Friedrich.

Sie plauderten etwas unsicher über dies und das, vor allem über das Wetter und den unerwarteten Schneefall. Schließlich kam Stefano – mit seiner Begleitung, einer jungen, bildschönen Südländerin mit langen, schwarzen Haaren. Sie war perfekt gestylt, ihre Kleidung passte wie angegossen und sah sehr teuer aus.

Stefano trug einen dunkelblauen Anzug, maßgeschneidert, mit einem weißen Hemd und einer dunkelblauen Krawatte, seine Haare waren perfekt frisiert, aber nicht zu ordentlich, sondern mit einem Hauch Ungezähmtheit. Dazu trug er das unwiderstehliche Parfüm, das Becky so an ihm liebte. Kurz gesagt, er sah umwerfend aus. Und das machte er garantiert mit Absicht.

»Entschuldigt bitte die Verspätung«, sagte er, als er hereinkam.

Er sah Becky an.

Eifersüchtig wanderten ihre Blicke zwischen ihm und seiner Begleitung hin und her. Stefano war es offensichtlich unangenehm, ihr Maria vorzustellen, doch er versuchte, es zu überspielen. Aber Becky kannte ihn zu gut, um nicht zu bemerken, dass er nervös war. Seine Begleiterin war jedoch so selbstbewusst, dass sie die Vorstellungsrunde einfach übernahm. Dabei lachte sie die ganze Zeit. Schon das machte sie unglaublich unsympathisch in Beckys Augen. Sie gab allen die Hand und sagte dabei: »Welch ein wunderschönes Haus, es erinnert mich an das Haus meines Opas in Milano. Das war so ähnlich. Ach.«

Dabei schaute sie sich um und sagte immer wieder: »Ach« und »Hah« und »Nein, das ist ein Louis-quatorze-Stuhl! Sehr geschmackvoll.«

»Wie geht es deinen Eltern, Maria?«, fragte Frau Steinfels.

»Gut, gut, ich soll Grüße ausrichten«, entgegnete sie.

Herr Steinfels war wohl nicht so schnell eingelullt von Marias Anwesenheit wie die Mutter. Er wandte sich lieber an seine Assistentin.

»Was machen meine Mitarbeiter und wie ist die Stimmung?«

»Ihr Sohn macht eine gute Arbeit, aber wir vermissen Sie trotzdem. Sonst das übliche Chaos. Frau Dornfelder aus der Buchhaltung ist länger krank. Ach ja, die eine Azubi ist schwanger.«

Herr Steinfels sprach noch weiter über das Unternehmen, doch Becky war abgelenkt. Immer wieder roch sie Stefanos Duftwasser. Das irritierte sie. Ihre Hormone schienen auf die Duftstoffe anzusprechen. Am liebsten wäre sie zu ihm gerannt und hätte ihm die Kleidung vom Leib gerissen. *Mädchen, reiß dich zusammen, lass deine Hormone nicht die Oberhand gewinnen*, musste sie sich ständig sagen.

»Dann wollen wir zu Tisch gehen«, sagte der Hausherr schließlich. »Mir knurrt bereits der Magen.«

»Schatz, Opa wollte doch erst um neunzehn Uhr da sein«, wandte die Dame des Hauses ein.

»Stimmt, er ist ja der Ehrengast«, sagte Herr Steinfels und sah auf seine Armbanduhr.

»Opa wird sich freuen. Beide Enkelsöhne kommen in Begleitung.«

Rebekka konnte genau sehen, dass sich Frau Steinfels keineswegs freute. Ahnte sie, dass alles nur gespielt war?

»Dann lasst uns wenigstens einen Aperitif trinken. Sonst verdursten wir noch.«

Frau Steinfels schaute ihre Söhne an und sogleich gingen diese an die Bar. Friedrich schenkte ein und Stefano verteilte die Getränke. *Ein eingespieltes Team*, dachte Becky. *Warum nur schienen sie sich manchmal so nah zu sein und dann wieder so fern?*

Maria kam zu ihr und begann ein Gespräch: »Und was machst du beruflich, Rebekka?«

»Ich bin die Assistentin von Herrn Steinfels.«

»Aha«, sagte sie und Becky konnte sehen, wie sich in Marias Hirn bestimmte Schubladen öffneten, in die sie jetzt abgelegt wurde.

»Guter Fang«, meinte sie.

Becky schaute sie entgeistert an. Doch sie konnte nicht schnell genug reagieren, und als sie schließlich zu einer Antwort ansetzte, war Friedrich mit einem Prosecco bei ihr.

»Hier, Schatz.«

Sie lächelte gezwungen. Dann flüsterte er ihr ins Ohr.

»Na, schon dicke Freundschaften geschlossen?«

Sie lachte etwas aufgesetzt. »Natürlich.«

Friedrich lachte ebenfalls.

»Du schaffst das schon.«

Becky sah zu der großen Fensterfront. In diesem Moment blitzten die Lichter eines Autos in der Auffahrt auf.

»Oh, da kommt Opa«, sagte Friedrich. »Mal wieder pünktlich auf die Minute.«

Sie beobachtete, wie der Wagen parkte, ein silberfarbener Mercedes-Oldtimer.

»Mercedes 300SE-Coupé. Baujahr achtundsechzig«, sagte Stefano, der wohl ihren interessierten Blick gesehen hatte. »Heißes Teil, was?«

»Fährt euer Großvater noch selbst Auto?«, fragte sie.

»Nein, dann würden wir alle einen Herzinfarkt bekommen«, witzelte Stefano.

Eine blonde junge Frau stieg auf der Fahrerseite aus. Sie holte einen Rollstuhl aus dem Kofferraum. Dann öffnete sie die Beifahrertür und half dem Großvater beim Aussteigen und Übersetzen in den Stuhl.

»Das ist die Pflegerin«, erklärte Friedrich. »Opa hatte immer schon eine Schwäche für Blondinen.«

Bevor Becky nachfragen konnte, was er damit meinte, klingelte es an der Tür. Herr Steinfels senior sprang wie ein kleiner Junge auf und ging zur Tür. Seine Frau folgte ihm. Als sie zurückkamen, schob Herr Steinfels seinen Vater im Rollstuhl herein, während die Pflegerin hinter ihnen herlief. Der Großvater trug ein lilafarbenes Jackett mit beigefarbenem Einstecktuch und einen Seidenschal in derselben Farbe. Er wirkte wie ein Herzensbrecher aus einem Schwarzweiß-Film. Das passte irgendwie zu seinem Vornamen Valentin.

»Guten Abend allerseits«, grüßte der alte Herr laut und herrisch und schon wirkte er nicht mehr so sympathisch.

Das kann ja heiter werden, dachte Becky. Jetzt verstand sie, dass die Söhne so viel Respekt vor ihrem Großvater hatten. Der alte Herr Steinfels machte einen unglaublich strengen Eindruck. Die Enkel begrüßten ihn mit einem leichten Handschlag und umarmten ihn förmlich.

»Habt ihr endlich mal Frauen mitgebracht«, sagte der Großvater, während er Becky und Maria von Kopf bis Fuß begutachtete. »Aha.«

Friedrich war der Erste, der den Mund aufbekam.

»Opa, das ist Rebekka.«

Becky machte einen Schritt auf den Herrn zu und gab ihm die Hand.

»Aha«, wiederholte dieser.

»Maria kennst du vielleicht?«, sagte nun Frau Steinfels. »Sie ist die Tochter der Familie Re.«

»Reh, noch nie gehört«, sagte der Opa. »Reh gibt es hoffentlich zu Abend.«

Becky musste lächeln. Doch die anderen waren alle ernst.

»Vater, das Essen ist bereits fertig. Wir können sofort zu Tisch.«

»Und wo ist mein Aperitif?«

»Aber du nimmst doch Medikamente.«

»Morgen ist mein Geburtstag. Da darf ich wohl einen Aperitif nehmen. Johana, meine Gute, bring mir bitte ein Glas.«

Mit seiner Pflegerin ging er scheinbar viel liebevoller um als mit seiner Familie.

»Gnädiger Herr«, sagte sie mit osteuropäischem Akzent, als sie ihm das Glas reichte.

»Danke, meine Liebe.«

Danach stellte sie sich neben ihn. Herr Steinfels hob sein Glas, die anderen taten es ihm gleich.

»Lieber Vater, auf dein Wohl.«

»Ja, ja.«

Der Großvater leerte sein Glas innerhalb kürzester Zeit. Becky war erstaunt. Friedrich flüsterte ihr ins Ohr.

»Das ist unser lieber Häuptling.«

»Fritz, hier wird nicht geflüstert.«

»Entschuldige, Opa.«

»Ist wohl so, wenn man verliebt ist.«

Becky lächelte.

»Dann können wir nun ins Esszimmer gehen«, sagte der Hausherr.

»Das kann ich wohl an meinem eigenen Geburtstag selbst entscheiden«, widersprach sein Vater schroff, nur um kurz darauf zu erklären: »So, *jetzt* können wir ins Esszimmer.«

Frau Steinfels sagte währenddessen nichts. Sie mochte ihren Schwiegervater offensichtlich nicht, das ließ sich an den leisen Zwischentönen in ihrer Mimik erkennen, wenn dieser das Wort erhob.

Im Salon angekommen, entdeckte Becky die Namenskärtchen, die auf den Plätzen verteilt waren.

»Meine Gute, du sitzt neben mir«, sagte der alte Herr zu Johana.

»Auf dem Kärtchen steht Rebekka«, antwortete die Pflegerin.

»Kenne ich nicht«, entgegnete der Großvater.

»Das bin ich, ich kann mich gerne woanders hinsetzen«, erklärte Becky schnell.

Wer wollte schon neben diesem Mann den Abend verbringen?

»Schatz, hol doch noch ein Gedeck für Johana«, bat Albert Steinfels seine Frau.

Diese stand auf und an ihrer Miene konnte man erkennen, dass ihr das gar nicht Recht war.

»Ich wusste nicht, dass das Personal auch mit uns speisen würde«, sagte sie geziert.

»Johana gehört zur Familie.«

Die Pflegerin lächelte.

Das wird ein lustiger Abend, dachte Becky.

»Rebekka, setz dich an meinen Platz. Wir decken gleich noch einen Platz für mich«, sagte Friedrich.

»Ach, das ist alles kein Problem.«

Der Großvater schaute sie an.

»Wer sind Sie noch mal? Die von der Familie Reh?«

»Nein, ich bin Rebekka, die Freundin von Friedrich.«

»Ich bin Maria *Re*«, sagte die junge Italienerin. »Re, wie König auf Italienisch.«

»Kenne ich nicht«, antwortete der Großvater. »Ich kann aber noch gut Englisch. How do you do?« Bei diesen Worten lachte er. Außer ihm war niemandem zum Lachen zumute, aber trotzdem schmunzelten alle höflich.

Nachdem für eine weitere Person gedeckt worden war, setzten sich alle. Die Haushälterin kam und brachte die Suppe, die hervorragend schmeckte. Es war eine klare Brühe mit Gemüse, die sehr gut gewürzt war. Während sie genüsslich ihre Suppe löffelten, wurde nicht viel gesprochen. Zum Glück lief im Hintergrund klassische Musik.

»Wie schön, Herr Steinfels, dass sie Ihren sechsundachtzigsten Geburtstag feiern können«, sagte Maria.

»Was ist daran schön?«, fragte der Großvater.

»Dass sie so alt werden durften.«

»Ich könnte darauf verzichten. Alle meine Freunde sind tot, mein eigener Sohn ist schon alt, die Enkelsöhne haben nicht einmal geheiratet, wahrscheinlich sind sie beide schwul. Meine Familie wird aussterben!«

Becky hätte am liebsten laut losgelacht. Aber sie beherrschte sich. Maria war einen Moment lang still, doch sie wollte sich nicht geschlagen geben.

»Hauptsache, alle sind gesund.«

»Na ja, gesund ... mein Sohn hat einen Herzkasper, ich kann kaum laufen, also wenn das gesund ist.«

»Vater, Maria versucht nur freundlich zu sein.«

Der alte Herr reagierte nicht auf diese Aussage, sondern wandte sich an Becky.

»Und Sie, wer sind Sie?«

»Ich bin Rebekka, die Freundin von Friedrich.«

»Freundin? Wollen Sie bald heiraten oder gibt es bei Ihnen nur die Karriere wie beim Fritz?«

»Wir sind erst seit Kurzem zusammen, Opa«, erklärte Friedrich.

»Na und? Oma und ich haben uns nur zweimal gesehen und gleich geheiratet. Und heute?«

»Heute sind andere Zeiten.«

»Warum sagt jeder, heute wären andere Zeiten?«

»Weil sich alles verändert«, sagte sein Sohn.

»Ach, die Menschen sind doch immer gleich«, sagte der alte Herr und winkte ab. »Die Suppe ist aber gut, muss ich sagen.« Und dann, wieder zu Becky gewandt: »Wer sind Sie nochmal?«

»Opa, das ist meine Freundin Rebekka«, sagte Friedrich laut. Er war wohl schon etwas genervt.

»Sei doch nicht gleich beleidigt. Ist ein hübsches Ding«, sagte der alte Herr mit einem Lächeln. »Kenne ich Ihre Eltern?«

»Das glaube ich nicht«, sagte Becky.

»Ich kenne die halbe Welt.«

»Meine Mutter ist Köchin und mein Vater Automechaniker«, erwiderte Becky.

Maria lächelte süffisant, das konnte Becky genau erkennen.

»Möchte noch jemand Wein?«, unterbrach der Hausherr.

Der Großvater erhob sein Glas. Es wurde nochmal allen eingeschenkt.

Als Hauptspeise gab es Wildschwein. Davon aß der alte Herr nur eine winzige Portion. Dafür trank er aber Einiges vom Wein. Becky begnügte sich mit den Beilagen und versuchte, nicht an das arme Schwein zu denken.

KAPITEL 10

Nach dem Essen gingen sie ins Wohnzimmer und Friedrich entfachte ein Feuer im Kamin. Sein Großvater schlief auf der Couch ein. Er schnarchte dabei. Während der ganzen Zeit wagte Stefano es kaum, etwas zu sagen. Er blickte nur selten zu Becky. Maria unterhielt sich mit Frau Steinfels und bewunderte die Bilder an der Wand. Es waren moderne Gemälde, mit denen Becky nicht viel anfangen konnte. Doch Maria kannte sogar den Künstler.

»Wunderbar passt das in diesen Raum. Wissen Sie, Mario Brioni ist ein Freund unserer Familie. Er ist so begabt.«

Becky hasste diese Frau.

»Alles gut?«, fragte Friedrich.

»Äh ja, ja.«

Nachdem sie sich gesetzt hatten, sagte Frau Steinfels: »Frau Krämer und ich haben alles vorbereitet. Jungs, ihr helft mir.«

Sie nickten.

»Ich helfe natürlich auch«, bot Maria an.

»Ach ja, Mamma, Rebekka hat einen wunderbaren Kuchen mitgebracht«, sagte Friedrich.

»Das ist sehr freundlich, aber der Nachtisch ist bereits fertig.«

»Aber für morgen können wir den nehmen«, warf Herr Steinfels ein.

Dann holte Maria aus ihrer Tasche eine Flasche hervor. »Ich habe etwas Besonderes dabei. Das ist der berühmte Likör meiner Großmutter. Signora Steinfels, meine Mutter sagte, Sie trinken ihn so gerne.«

Frau Steinfels' Gesicht erhellte sich. »Oh ja, das ist ein edler Tropfen. Den können wir gleich kosten«, sagte sie.

Die zwei Damen gingen in die Küche. Herr Steinfels kam zu Becky und Friedrich, während Stefano an seinem Digestif nippte und ständig in ihre Richtung sah.

»Es interessiert mich natürlich brennend, was mein Sohn gemacht hat, um Sie auf sich aufmerksam zu machen?«

Becky musste bei diesen Worten unwillkürlich schmunzeln. Sie hatte die erfundene Liebesgeschichte mehrmals im Auto mit Friedrich besprochen, doch jetzt fiel ihr nichts mehr davon ein.

»Ach, er war einfach ein Gentleman«, sagte sie knapp und schaute Stefano an.

Friedrich gab ihr einen Kuss auf die Wange. Er spielte seine Rolle perfekt.

»Bei solch einer Frau darf man nicht lange warten, sonst ist sie schnell weg«, sagte er und Becky merkte mit Genugtuung, wie Stefano wie ein begossener Pudel zuschaute.

»Was haben Sie studiert?«, hörte sie die Stimme des Großvaters, der wohl gerade wieder aufgewacht war.

»Eigentlich habe ich Soziologie studiert.«

»So etwas studiert man?«

Becky nickte. »Ich habe gleich nach dem Studium begonnen, als Assistentin von Herrn Steinfels zu arbeiten, mittlerweile mache ich neben der Arbeit ein Fernstudium in BWL.«

»Aber Frau Silber hat auch noch eine Ausbildung vor ihrem Studium gemacht«, warf Herr Steinfels ein.

»Da bin ich ganz Ohr«, erklärte der Großvater.

Warum musste der Senior das bloß erwähnen? Das wussten die wenigsten und sie wollte es nicht an die große Glocke hängen, ein bisschen war es ihr sogar peinlich.

»Ich habe eine Ausbildung als Gärtnerin gemacht, weil ich die Natur so liebe«, erklärte Becky daher schnell.

Das hatte sie nicht einmal Stefano erzählt. Dementsprechend erstaunt sah er sie jetzt an.

»Schatz, das wusste ich gar nicht«, sagte Friedrich.

»Ach ja, es ist schon so lange her.«

»Deshalb sind die Pflanzen in meinem Büro auch so schön«, fügte sein Vater hinzu.

»Ich hoffe, dass dies nicht der Hauptgrund war, warum Sie mich eingestellt haben.«

Alle außer Stefano lachten.

»Da könnten Sie sich mal meine Orchideen anschauen. Johana hat bei Pflanzen zwei linke Hände«, sagte der Großvater. Dabei schaute er seine Pflegerin an und lächelte.

Was haben die beiden bloß für eine Beziehung?, fragte sich Becky. Wahrscheinlich ist sie bloß auf sein Geld aus. Doch dann schämte sie sich für diesen Gedanken, schließlich war sie selbst auch nicht hinter Stefanos Geld her. Allerdings war der auch gut aussehend und in ihrem Alter. Aber wie sie die Familienmitglieder mittlerweile einschätzte, hatten sie wohl allesamt Angst, Valentin könnte seine blonde Pflegerin heiraten. Und dann bliebe für sie nicht mehr viel vom Erbe.

»Kommen Sie doch mal bei mir vorbei«, sagte der Großvater.

»Klar, warum nicht.«

»Opa, Rebekka hat viel um die Ohren«, erklärte Friedrich.

»Was ist Junge, bist du eifersüchtig?«

»Vielleicht«, erwiderte der mit einem Lächeln.

»So habe ich Fritz noch nie erlebt«, sagte der alte Herr.

Plötzlich gab es ein Klirren und ein Glas zerbrach auf dem Boden. Es war Stefanos.

»Entschuldigt, ich bin müde«, sagte er.

Becky lächelte verschmitzt.

»Stefano, ich an deiner Stelle würde mal schauen, wo es einen Besen und eine Schaufel gibt«, sagte Friedrich.

Genau in diesem Moment kamen Frau Steinfels und Maria mit einem Tablett herein.

»Gnädiger Herr, hier ein edler Tropfen unserer Familie. Selbst hergestellt«, sagte Maria zum Großvater.

Valentin nahm und trank sofort aus. »Ouu, das ist hervorragend. Davon kaufen wir gleich eine ganze Kiste«, sagte er zu Johana.

Maria kicherte. Dann ging sie zu Stefano und gab ihm einen Kuss.

»So, Kinder, jetzt will ich wissen, wann ich endlich Urgroßvater werde?«

Maria kicherte wieder.

»Opa, jetzt bring doch die Damen nicht in Verlegenheit.«

»Wieso, darf man das nicht fragen? Oder seid ihr nur wegen der Sünde zusammen?«, fragte er.

»Wir schlafen in getrennten Zimmern«, betonte Stefano.

Becky musste husten.

»So, so. Schön, dass ihr alle zu meinem Geburtstag zusammen seid. Ich hoffe, es ist nicht wegen des Erbes. Das wäre sehr traurig.«

»Nein, Opa, wir haben dich doch lieb«, sagte Stefano. Diese Aussage wirkte Wunder. Die Augen des alten Herrn blitzten, wie Becky es ihm nie zugetraut hätte. Dafür hätte sie Stefano küssen können, denn er schien das wirklich ernst zu meinen.

»Und du, Fritz?«

»Ich freue mich, dass wir deinen Geburtstag zusammen feiern können, und hoffe, dass es noch ein paar mehr werden. Aber sollte ich eines Tages etwas erben, werde ich es sowieso nur in meine Auslandsprojekte stecken.«

»Die Rettung der Welt meinst du?«, fragte sein Großvater.

»Zum Beispiel.«

Becky horchte auf. Wollte er schon wieder ins Ausland? Und an was für Projekten arbeitete Friedrich dort, die so wichtig waren?

»Du bist ein Träumer, aber wenigstens ehrlich«, sagte er. Und dann, aus heiterem Himmel: »Ich bin jetzt müde. Lasst uns schlafen gehen.«

KAPITEL 11

»Ich muss jetzt abschalten. Opa ist so anstrengend«, sagte Friedrich, als sie im Zimmer ankamen.

»Eine Frage hätte ich«, sagte Becky.

»Ja?«, fragte er, während er die Krawatte auszog und sich auf die Couch setzte.

»Warum kann euer Großvater euch so herumkommandieren?«

Er lachte.

»Ich wusste, dass diese Frage kommt.«

»Dann bist du ja vorbereitet.«

»Zum einen ist er eine sehr autoritäre Person und zum anderen gehört ihm außer der Firma auch ein beachtliches Vermögen. Davon bekommt die Hälfte mein Vater. Den anderen Teil bekommen Stefano und ich. Natürlich nur, wenn er denkt, dass wir es auch verdient haben. Sonst bekommt Johana das Geld. Damit hat er zumindest bei der letzten Feier ausdrücklich gedroht.«

»Deshalb seid ihr so nett?«

»Na ja, ich möchte eine Schule in Äthiopien gründen, dafür benötige ich viel Geld.«

»Und das ist deinem Großvater egal?«

»Nein, er findet, es ist eine nette Nebenbeschäftigung, aber er hat seine eigene Wunschliste.«

Eine Schule in Äthiopien? Friedrich steckte voller Überraschungen. Und sie hatte gedacht, er wäre ein selbstsüchtiger Yuppie.

»Wichtig ist ihm, dass die Firma, die er aufgebaut hat, weitergeführt wird«, fuhr Friedrich fort. »Er möchte, dass wenigstens einer von uns eine Frau heiratet, von der Opa denkt, dass die Beziehung eine Zukunft hat. Schließlich sollen unsere Kinder dann ihrerseits die Familiendynastie weiterführen.«

Friedrich seufzte.

»Ich will ehrlich zu dir sein ... ich habe dich als Begleiterin mitgenommen, weil ich Angst habe, dass Stefano sich sonst das gesamte Erbe unter den Nagel reißt. Schließlich hat er bereits eine Freundin.«

Becky zuckte leicht zusammen, aber Friedrich sah sie gar nicht mehr an, sondern guckte in den Kamin, in dem bereits etwas Feuerholz lag.

»Ich weiß, das war nicht richtig, aber die Schule in Äthiopien liegt mir sehr am Herzen und da habe ich vielleicht voreilig gehandelt.«

Plötzlich piepste Beckys Handy. Sie sah Friedrich entschuldigend an und las dann die SMS, die sie erhalten hatte. Sie war von Stefano.

»Komm in die Küche. Gegen Mitternacht. Ich kann nur noch an dich denken«, schrieb er.

»Viel Spaß mit Maria«, schrieb Becky knapp zurück.

Sie hatte jetzt keine Lust, ihn zu treffen und sich seine Ausreden anzuhören. Der ganze Tag war so emotional und stressig gewesen. Vor allem mit Stefano und dieser Tussi. Becky redete sich zwar ein, dass er ganz sicher nichts mit ihr hatte, aber dennoch war Maria seine Begleitung und nicht sie. Warum musste das Leben so kompliziert sein, wenn man nicht aus gutem Hause stammte?

»Möchtest du zuerst ins Bad?«, fragte Friedrich.

»Nein, ich kann noch nicht einschlafen.«

»Ich auch nicht, sollen wir einen Film schauen?«

»Okay, aber dann gehe ich doch ins Bad und mache mich fertig, damit ich danach gleich schlafen kann«, erklärte Becky.

Als sie aus dem Bad kam, hatte Friedrich nur die Hose und ein weißes T-Shirt an. Er sah wirklich gut aus, wie er entspannt auf der Couch saß. Von irgendwoher hatte er eine Packung Chips gezaubert.

»Ich hoffe, du hast noch nicht Zähne geputzt.«

»Doch.«

Er zuckte mit den Achseln. Sie setzte sich neben ihn auf die Couch, dann startete er den Film.

»Hast du Lust auf Batman?«, fragte er.

Becky nickte zustimmend, obwohl es ihr nicht so wichtig war, welchen Film sie sahen.

Friedrich erzählte ihr, dass *Batman begins* einer seiner Lieblingsfilme war. Er bot ihr immer wieder die Chips an und sie konnte nicht widerstehen. Eigentlich wollte sie um diese Uhrzeit nichts mehr essen, vor allem keine Chips. Sie gab sich große Mühe, ihre Figur zu halten und aß deshalb ab achtzehn Uhr nichts mehr, außer bei Festen oder bei ihren Eltern.

Obwohl es ein Action-Film war, wurde Becky immer müder und schließlich fielen ihr die Augen zu. Sie wachte erst wieder auf, als der Abspann lief. Erschrocken stellte sie fest, dass ihr Kopf auf Friedrichs Schulter lag. Schnell setzte sie sich aufrecht hin.

»Du hast den ganzen Film verpasst, aber ich habe ihn ja auf DVD«, sagte er schmunzelnd.

Sie lächelte.

»Schaffst du es noch ins Bett oder soll ich dich tragen?«

Tragen wäre jetzt wunderbar, dachte sie. Bevor sie sich versah, hatte er sie hochgehoben und trug sie zum Bett. Dort zögerte er und sah ihr für einen Moment tief in die Augen.

Plötzlich klopfte es an der Tür.

»Fritz, ich muss mit dir sprechen, hast du Zeit?«

Es war Stefanos Stimme.

»Was? Jetzt? Es ist spät und ich will schlafen.«

»Aber es ist wichtig.«

»Geht es um Leben oder Tod?«

»Fast.«

»Was heißt fast?«, fragte Friedrich.

Sofort wurde Becky wach. *Oh, nein. Er will es ihm erzählen*, dachte sie. *Wie peinlich!* Andererseits wäre es nicht schlecht, wenn Stefano sich endlich zu ihr bekannte.

»Na gut, dann komme ich gleich herunter«, sagte Friedrich. Und zu Becky: »Schlaf gut, ich gehe mal den Therapeuten spielen.«

Sie gähnte gekonnt und sagte schläfrig: »Gute Nacht.« Dabei war sie nun hellwach.

Nachdem Friedrich gegangen war, sprang Becky sofort aus dem Bett. Sie hatte ein ungutes Gefühl. Sie öffnete die Tür und sah sich im Flur um. Auf Zehenspitzen schlich sie durch die Gänge und die Treppe hinab. Als sie die beiden Brüder durch den offenen Spalt der Küchentür entdeckte, blieb sie in dem unbeleuchteten Flur stehen. Stefano und Friedrich setzten sich an den Küchentisch.

»Also, Brüderchen, was gibt es denn so Dringendes, dass du meinen Rat benötigst?«

»Ich brauche nicht deinen Rat, sondern ich möchte dir einen geben«, sagte Stefano.

Zum Glück sprachen sie laut genug, so dass Becky sie gut verstehen konnte.

»Es geht um Rebekka Silber.«

»Ja?«, fragte Friedrich immer noch sehr ruhig und gefasst.

»Na ja, die ist nicht so ohne«, fing Stefano an.

Becky hätte ihn ohrfeigen können. Er versuchte tatsächlich, sie schlechtzumachen, statt sich zu ihr zu bekennen. Sie musste einschreiten. Sie machte einen Schritt vor und öffnete die Tür.

»Oh, ihr seid hier«, Becky tat überrascht. »Entschuldigt, ich habe so unglaublichen Durst. Äh, störe ich euch?«

Friedrich lächelte. Stefano war verblüfft.

»Nein, im Gegenteil, wir haben gerade über dich gesprochen«, sagte Friedrich.

»Über mich?«

Stefano sah sie jetzt genauer an. In diesem Moment wurde ihr klar, dass sie ja die Hose und ein altes T-Shirt von Friedrich anhatte. Sie wich seinem Blick aus und goss sich schnell ein Glas Leitungswasser ein.

»Ich komme gleich«, sagte Friedrich.

»Wir haben etwas Wichtiges unter Brüdern zu besprechen«, erklärte Stefano.

»Oh, Liebeskummer. Verstehe«, sagte Becky in einem gespielt mitfühlenden Ton.

»Wir können ja morgen weiter darüber sprechen«, sagte Friedrich plötzlich zu seinem Bruder. »Komm, Schatz, lass uns nach oben gehen.«

Stefano konnte seine Wut kaum verbergen, als Friedrich Becky die Küchentür aufhielt und mit ihr hinausging.

»Hast du eigentlich auch schon mit meinem Bruder zusammengearbeitet?«, fragte Friedrich, als sie wieder in seinem Zimmer waren.

»Nein, nicht wirklich.«

Sollte sie Friedrich die Wahrheit sagen?

»Was hältst du von ihm?«, fragte er.

»Er ist in Ordnung, warum?«

»Nur so. Ich glaube, er ist eifersüchtig«, sagte Friedrich.

»Auf dich? Wegen mir?«

Er nickte.

»Ach, Quatsch, der hat doch eine schöne, junge und erfolgreiche Frau an seiner Seite«, sagte Becky und versuchte zu lachen.

»Vielleicht habe ich mich auch nur getäuscht. Es wäre aber nicht das erste Mal, dass mein Bruder versucht, mir in die Quere zu kommen«, meinte Friedrich.

Becky sah ihn fragend an, aber er erzählte ihr nicht, was Stefano ihm gesagt hatte oder was er damit meinte.

Daher legte sie sich wieder ins Bett und Friedrich breitete sich auf der Couch aus.

»Schlaf gut.«

»Du auch ...«

KAPITEL 12

Becky konnte lange nicht einschlafen, obwohl sie vorher so müde gewesen war. Irgendwann, es war vielleicht gegen vier Uhr, hielt sie es nicht mehr aus. Sie schlich sich aus dem Zimmer und klopfte bei Stefano. Es dauerte eine Weile, bis er öffnete. Als er sie sah, zog er sie unsanft ins Zimmer und schloss die Tür.

»Hör auf, spinnst du?«, fragte Becky.

»Warum bist du an meiner Tür?«

»Ich wollte wissen, warum du Lügen über mich verbreiten willst?«

»Was für Lügen?«, fragte er.

»Du weißt, was ich meine.«

Stefano seufzte. »Ich ertrage es nicht, dass du bei ihm im Zimmer bist.«

»Du wolltest mich nicht zum Familienfest mitnehmen.«

»Du willst dich rächen, das wusste ich. Armer Fritz«, sagte Stefano mit verschränkten Armen.

Doch dann machte er plötzlich einen Schritt auf sie zu und drückte seine Lippen auf ihre. Stefano konnte gut küssen, so gut, dass ihr ganz schwindlig wurde. Sie genoss seine Umarmung, doch aus dem Nirgendwo tauchte vor ihrem inneren Auge das Gesicht von Friedrich auf. Sie entriss sich ihm.

»Das geht nicht, Stefano. Ich bin mit Friedrich da.«

»Aber das ist doch nur gespielt!«

»Ich mache nicht mit zwei Typen rum, so wie du mit zwei Frauen«, sagte sie entschlossen und öffnete vorsichtig die Tür.

»Das mache ich doch nur wegen meiner Familie«, erklärte Stefano. »Jetzt hast du meinen Großvater kennengelernt und gesehen, wie er ist.« Er hielt sie wieder fest und sagte: »Bitte, bleib wenigstens ein Stündchen.«

Sie sandte ihm einen Luftkuss zu und schlich sich auf Zehenspitzen hinaus. Dann machte sie vorsichtig die Tür von Friedrichs Zimmer auf.

»Alles klar?«, hörte sie seine Stimme.

Becky erschrak.

»Ja, ich konnte nicht schlafen.«

»Geht mir genauso«, sagte er und knipste das Licht an. »Ist nicht so selbstverständlich mit einer schönen Frau das Zimmer zu teilen.«

Sie musste lächeln.

»Sollen wir noch einen Film schauen?«, fragte er.

Sie nickte. Immer noch besser, als sich noch ein paar Stunden wach im Bett herumzuwälzen. Sie setzte sich neben ihn.

Becky erinnerte sich nur noch an den Vorspann, als sie wieder zu sich kam. Sie musste sofort eingeschlafen sein, nachdem sie sich auf die Couch begeben hatte. Jetzt erwachte sie im Bett. Die Wintersonne kitzelte ihre Nasenspitze. Als sie sich umsah, war Friedrich nicht da.

Becky stand auf und ging im Zimmer umher, dann hörte sie ein Hämmern von draußen. Nein, es war kein Hämmern, es war das Geräusch von Holzhacken. Sie sah aus dem Fenster. Im Garten hinter dem Haus stand Friedrich im Schnee und drosch auf ein Holzscheit ein. Passend dazu hatte er ein Holzfällerhemd an und eine alte Jeans. Es sah unglaublich männlich aus. Scheinbar benötigte er bei der körperlichen Arbeit nicht einmal eine Jacke.

Große Männer im Holzfällerhemd hatte sie bis jetzt immer in Filmen belächelt. Aber jetzt schaffte sie es nicht wegzuschauen. Für einen Augenblick fühlte sie sich wie in einer Jane-Austen-Geschichte.

Friedrich schien sehr konzentriert bei seiner Arbeit. Doch plötzlich blickte er zum Haus. Als ob er ahnte, dass sie ihm zuschaute, sah er direkt zu ihrem Fenster. Becky erschrak und sprang zur Seite. Es war ihr peinlich, dass er sie bemerkt hatte, wie sie ihn beobachtete. Sie warf noch einen Blick auf ihn, dann ging sie unter die Dusche. Gerade als sie fertig war und in ihren Schlafklamotten ins Zimmer trat, kam er herein. Er hatte jetzt oben nur noch ein weißes, verschwitztes T-Shirt an, das Hemd trug er in der anderen Hand.

»Guten Morgen«, sagte er.

»Guten Morgen«, murmelte sie.

»Gut geschlafen?«

Becky nickte.

Sie sahen sich einen kurzen Moment an, dann sagte sie, um die Stille zu unterbrechen: »Das Bad ist frei.«

Er schaute sie kurz an, nickte und ging ins Bad. Sie hörte die Dusche. Genau der richtige Moment, um sich umzuziehen. Doch als sie frische Unterwäsche angelegt hatte, war sie sich unsicher, was sie heute anziehen sollte. Sie holte alle Kleidungsstücke heraus und konnte sich einfach nicht entscheiden. Die Stoffhose oder doch den Rock? Oder vielleicht nur eine Jeans und einen Pullover?

Während sie darüber nachsann, hörte sie Friedrich aus dem Bad: »Hast du zufällig mein Handtuch genommen?«

Sie überlegte kurz. »Äh, ich hab ein Handtuch fürs Gesicht, eins für den Körper, das kleine für die Füße und eins für die Haare genommen«, sagte sie.

Er lachte. »Also eins davon war auf jeden Fall meins. Meine Mutter ist es nicht gewohnt, dass Frauen im Haus sind. Kannst du mir ein Handtuch bringen?«

Sie ging zum Schrank, holte ein Handtuch heraus und brachte es zur Tür. Vorsichtig öffnete sie diese einen Spalt breit. Sie versuchte, Friedrich das Handtuch zu geben, ohne hineinzusehen, doch das klappte nicht. Anscheinend hatte er nicht zugepackt, denn das Handtuch fiel runter. Sie bückten sich gleichzeitig und stießen mit den Köpfen aneinander. Mit schmerzverzerrtem Gesicht sah sie auf. Da stand er splitternackt und nass und sie in Unterwäsche.

Scheiße! Scheiße, scheiße, scheiße! Wie soll ich jemals wieder für ihn arbeiten, dachte Becky, während sie merkte, wie sie knallrot wurde.

Friedrich ging recht lässig damit um, als ob ihm so etwas ständig passierte. Er band sich einfach das Tuch um die Hüfte und half ihr auf.

»Alles okay?«

Sie verstand nicht.

»Ich meine mit deinem Kopf?«

»Ach so, ja, nein, alles gut«, erwiderte sie.

Er beobachtete sie. Friedrich schien es ganz egal zu sein, dass er bis auf das Handtuch nackt war. Er berührte ganz langsam und zärtlich ihre Stirn und dann fuhr er mit seinem Handrücken an ihrer Wange entlang. Ein kleiner Schauer durchzog sie. Sie wusste nicht mehr genau, ob das noch Teil des Spiels war oder ob es ihr wirklich gefiel. Sie liebte doch Stefano!

All diese Gedanken gingen durch ihren Kopf, während sie die Augen schloss. Als Nächstes spürte sie seinen Atem, er roch nach Minze. Er küsste sie und hielt sie fest in seinen starken Armen. Sie fühlte sich geborgen, obwohl die Stimmen in ihrem Kopf immer lauter wurden. Besonders eine: *Das ist dein Chef, was machst du, Becky?*

Plötzlich ging die Tür auf und sie fuhren erschrocken auseinander. Es war Friedrichs Mutter.

»Oh. Ich dachte, ihr seid draußen.«

Peinlich berührt schloss sie die Tür wieder.

»Hm, ja, wir verschmelzen sozusagen in unseren Rollen«, sagte Friedrich mit belegter Stimme.

»Hm«, brummte Becky zur Bestätigung.

Dann ging sie zurück zur Couch und setzte sich. Ihr war schwindlig. Was war sie für ein Mensch? Wie konnte sie mit ihrem Chef und dem Bruder ihres Freundes herumknutschen? Was war nur in sie gefahren? Waren sie wirklich so in ihre Rollen eingetaucht? Jetzt hatte sie nicht nur ihr Chef in Unterwäsche gesehen, sondern auch seine Mutter. Es fehlte nur noch, dass der Senior hereinkam.

Hastig zog sie sich einen Rock und eine Bluse an. Nun musste sie nur noch ihre Haare föhnen.

»Bist du fertig?«, fragte sie durch die geschlossene Badezimmertür.

»Ja«, hörte sie und schon kam ein gekämmter, rasierter und frisierter Friedrich heraus, immer noch mit einem Handtuch umwickelt.

Sie ging ins Bad und er ins Zimmer. Nachdem sie ihre langen, braunen Haare getrocknet und sich dezent geschminkt hatte, lauschte sie kurz an der Tür. Ob er sich inzwischen angezogen hatte? Hoffentlich. Unentschlossen öffnete Becky die Tür und atmete erleichtert auf. Friedrich trug nun einen Pullover und eine Stoffhose. Es stand ihm gut.

»Fertig? Dann lass uns frühstücken«, sagte er und reichte ihr den Arm.

Im Esszimmer saßen Herr und Frau Steinfels mit dem Großvater am Tisch und strahlten. Anscheinend machte der Anblick von Friedrich und seiner neuen Freundin nicht nur die Mamma sehr glücklich, sondern auch den Großvater und Steinfels senior.

Friedrich und Becky gratulierten Valentin zu seinem Ehrentag. Als sie ihm die Hand schüttelte, lächelte er sie herzlich an. Der alte Mann wirkte in diesem Moment überhaupt nicht mehr so grantig, wie sie ihn bisher kennengelernt hatte. Gab es doch eine weiche Seite des Familienoberhaupts? Oder war der Großvater einfach senil?

»Möchten Sie einen frischgepressten Orangensaft?«, fragte Frau Steinfels.

Sie schien etwas freundlicher als gestern. Vielleicht freute sie sich über das, was sie eben gesehen hatte, weil sie es als Beweis ansah, dass Friedrich sich wirklich für Frauen interessierte?

»Den hat mein Albert heute Morgen selbst gepresst«, sagte sie.

Während sie den Saft eingoss, sagte sie: »Und Entschuldigung nochmal für vorhin.«

Sie kicherte. Ihr Mann auch.

»Also, dann muss aber bald geheiratet werden, wenn ihr schon in Sünde lebt. Oder, wie heißt das, in wilder Ehe. Zu meiner Zeit hätte es so etwas nicht gegeben«, sagte der Großvater.

»Vater, wir freuen uns doch alle für Friedrich.«

»Ja, ja, von mir aus.«

Entschuldigend wandte Frau Steinfels sich an Becky: »Friedrich hat bis jetzt noch nie eine Frau mitgebracht, deshalb war ich es nicht mehr gewohnt zu klopfen.«

Sie kicherte wieder. Dann betrat Maria den Raum. Sie strahlte.

»Guten Morgen. Stefano hat Kopfschmerzen, er bittet, ihn zu entschuldigen.«

»Friedrich holst du uns bitte noch Butter. Diese hier ist gleich leer«, bat Frau Steinfels.

»Gerne«, antwortete er und ging in die Küche.

»Wir hatten schon Angst, dass Friedrich kein Interesse an Frauen hat«, meinte der Großvater und zwinkerte, als Friedrich außer Hörweite war.

»Vater!«, ermahnte Herr Steinfels.

»Ist doch so, und sag nicht ständig, Vater zu mir.«

»Du bist doch mein Vater.«

»Streitet nicht«, bat Frau Steinfels.

»Ich darf doch wohl zu meinem Sohn noch sagen, dass er nicht ständig Vater zu mir sagt.«

Maria unterbrach den Streit, indem sie fragte, ob noch jemand Kaffee wollte.

»Ich trinke nur Tee«, erwiderte Becky.

»Und lass mich raten, du bist Vegetarierin!«

Becky schaute sie an. »Ja, ist das etwa ein Verbrechen?«

»Nein, nein. Aber ich muss ehrlich zugeben, ich liebe gutes Essen und einen guten Espresso.«

»Du bist eben eine Italienerin«, meinte die Mutter.

»Ich liebe auch gutes Essen«, protestierte Becky.

Alle schauten sie an und lächelten.

»Ja, aber Tofuwürstchen sind nicht wirklich gutes Essen«, stichelte Maria.

»Vegetarier essen doch nicht nur Tofuwürstchen«, protestierte Becky.

So eine ignorante Pute! Da kam Friedrich zurück.

»Seid ihr auch alle lieb zu Rebekka?«, fragte er.

»Natürlich«, riss Maria das Wort an sich.

Sie fühlte sich wohl bereits als Teil der Familie. Nun betrat auch noch Stefano das Zimmer. Er sah blendend aus, wie immer, auch wenn er etwas traurig dreinblickte.

Jetzt war es Becky, die ein schlechtes Gewissen hatte. Aber warum? Die paar Küsse mit Friedrich, das war nur Teil ihrer Rolle, sagte sie sich. Außerdem war sie emotional sehr irritiert, weil Stefano sich ihr gegenüber so abweisend verhalten hatte. Wie sollte man da nicht auch einmal eine Dummheit begehen? *Das wird nicht mehr vorkommen*, schwor sie sich.

Stefano setzte sich und Maria nahm seine Hand und gab ihm einen Kuss.

»Geht es dir wieder besser?«, fragte sie ihn, als ob er ein kleiner verletzter Hund wäre.

Er wirkte so leidend. Das kannte sie gut an Stefano und meistens weckte das in Frauen die Krankenschwester. In ihr erwachte gerade nichts. Sie beobachtete die anderen Anwesenden und ihr wurde klar, dass die Situation, auf die sie sich da eingelassen hatte, ziemlich kompliziert war. Was würden seine Eltern sagen, wenn Stefano sich endlich zu ihr bekannte?

»Schlampe« wahrscheinlich. Erst mit dem einen Bruder, dann mit dem anderen. *So ein Mist*, wie sollte sie das wieder geradebiegen?

Becky blickte zur Seite. Friedrich saß neben ihr und aß genüsslich seine Pfannkuchen. Er war entspannt und er sah irgendwie glücklich aus.

In was hatte sie sich da hineingeritten?

»Schatz, geht es dir gut?«, fragte Friedrich.

»Äh, ja, alles gut.«

»Ist das Mädchen vielleicht in anderen Umständen?«, fragte plötzlich der Großvater.

Becky wurde rot und kicherte. »Nein, bestimmt nicht«, sagte sie.

»Wenn man in wilder Ehe lebt, passiert so etwas.«

»Opa, lass doch Rebekka frühstücken.«

Maria kicherte.

»Jetzt werde ich auch noch vom kleinen Fritz zurechtge-wiesen. Ich will euch nur eins sagen, das Testament kann ich jederzeit ändern. Nicht wahr, Johana.«

Diese aß gerade ihr fünftes Ei und nickte nur mit dem Kopf.

»Vater, Johana ist nicht dein Anwalt, sie ist deine Pflegerin.«

»Aber sie hat da irgendwo in Transsilvanien Jura stu-diert.« Johana nickte.

Irgendwie tat sie Becky leid. Sie hatte sich bestimmt keine Karriere als Pflegerin erhofft.

Nachdem alle fertig waren, gab es etwas freie Zeit.

»Opi, Stefano und ich wollten mit dir spazieren gehen«, sagte Maria.

»Bin ich etwa auch dein *Opi*?«, fragte der Alte schroff. Nun war er wieder genauso kratzbürstig wie am Tag zuvor.

»Stefanos Opi ist auch mein Opi.«

»Lebt ihr etwa in wilder Ehe?«

»Nein, Opa, aber du kennst doch Maria von der Familie Re«, sagte Stefano.

»Hehe, Reh, jetzt fehlt noch die Familie Fasan.«

Der Großvater und Johana lachten fröhlich über seinen Witz. Auch Becky fand das lustig und schmunzelte. Doch die anderen blieben ernst.

»Und du musst Fleisch essen, wenn du guter Hoffnung bist«, wandte sich der Großvater an sie.

Becky verschluckte sich fast.

»Opa, Rebekka ist nicht schwanger«, sagte Friedrich.

»Woher willst du das wissen. Wir Männer merken sowas immer erst, wenn es schon zu spät ist.«

»Ich bin wirklich nicht schwanger«, rief Becky aus.

»Jaja. Das hat damals im Krieg meine Cousine Gerda auch gesagt und der Bauch ging ihr bis zu den Zähnen. Haha.«

Jetzt lachten nur noch Johana und der Opa.

»Wir ziehen uns dann zurück«, sagte Friedrich.

Steinfels senior stand auf und flüsterte seinem Vater etwas ins Ohr.

»Darf man denn an seinem Geburtstag nicht mal ein paar Späßchen machen?«, erwiderte dieser trotzig.

KAPITEL 13

»Das tut mir wirklich leid, Großvater ist ein herbes Persön-
chen. Ich hätte dich warnen sollen«, sagte Friedrich, als die
Tür hinter ihnen zufiel.

»Jetzt verstehe ich, warum ihr keine Frauen zu den Feiern
mitbringt«, erwiderte Becky.

»Komm, lass uns einen Spaziergang machen.«

Sie zogen sich ihre Jacken an und bald waren sie an der
frischen Luft.

»Endlich sind wir ihnen entkommen«, meinte Friedrich.

»Also deine Familie ist wirklich speziell.«

»Ich dachte immer, dass alle Familien so sind«, witzelte
Friedrich.

»Meine Eltern sind zwar einfache Leute, aber man fühlt
sich immer wohl bei ihnen.«

»Die würde ich gerne kennenlernen.«

Wie meinte er das?

»Was hast du eigentlich vorher gemacht?«, fragte sie.

»Du meinst, bevor ich dein Chef wurde? Ich habe soziale
Einrichtungen auf den Philippinen geleitet.«

»Wusste nicht, dass man damit viel Geld verdient.«

»Tut man auch nicht, aber es macht Spaß.«

»Es muss schön sein, wenn man etwas macht, was anderen hilft. «

Sie bewunderte das, aber für sich selbst konnte Becky
sich nicht vorstellen, den eigenen Erfolg so zu vernachläs-
sigen, um anderen zu helfen. So sehr sie ihre Eltern liebte,
sie wollte nicht so leben wie sie und jeden Cent zweimal
umdrehen müssen. Sie wollte genug Geld verdienen, um
auf eigenen Beinen zu stehen. Aber sie bewunderte Men-

schen, die diese Kraft zur Selbstaufgabe hatten und freiwillig auf Luxus verzichteten.

»Stimmt. Doch mittlerweile macht mir auch der Job meines Vaters Spaß. Aber nur, weil du meine Assistentin bist.«

Sie lachte verlegen.

»Und trotzdem bist du so hinter dem Erbe her?«

»Ach, ich weiß nicht«, er winkte ab. »Ich könnte das Geld natürlich gut einsetzen. Wenn ich daran denke, wie viel Gutes ich damit tun könnte … Aber der Zweck heiligt eben nicht die Mittel. Am Ende ist es doch das, was mein Opa erarbeitet hat. Er sollte selbst entscheiden, was er damit macht. Tja, du siehst, ich bin eben auch nur ein Mensch, hin- und hergerissen zwischen dem, was richtig ist, und dem, was gut klingt. Wenn ich das nächste Mal über das Erbe rede, dann erinnere mich bitte an das, was ich eben gesagt habe«, fügte er mit einem verschmitzten Lächeln hinzu.

Dann wurde er ernst.

»Du, das vorhin …«

»Äh, ja, das«, druckste Becky herum. »Ich habe dir ja gesagt, dass ich einen Freund habe.«

»Ja, genau, es tut mir leid, dass ich dich in Verlegenheit gebracht habe.«

»Vergessen wir das«, sagte sie. »War doch nur ein kleiner Valentinskuss.«

»Äh, ja …«, stammelte Friedrich.

»Na, ihr Turteltäubchen«, hörten sie plötzlich Marias Stimme.

Becky drehte sich um. Sie war ungefähr hundert Meter entfernt. Neben ihr standen Johana und Stefano, der den Rollstuhl mit seinem Großvater schob.

Nachdem Becky und Friedrich sich den anderen ange-schlossen hatten, verlief der restliche Spaziergang weniger entspannt. Überwiegend hörte man den Großvater und Maria mit ihren lauten Stimmen. Becky war sich nicht mehr sicher, ob sie zu dieser Familie gehören wollte. Sie bemerkte, wie Stefano jeden ihrer Schritte beobachtete.

Auch das Mittagessen verlief wenig spektakulär. Becky aß nur die Beilagen, während Maria große Mengen Fleisch auf ihren Teller legte. Der Seniorchef war bei seiner Jagd sehr erfolgreich gewesen.

»Ich weiß auch nicht, ich kann so viel essen und schaffe es einfach nicht zuzunehmen«, sagte Maria und kicherte.

Am liebsten hätte Becky ihr die Zunge herausgestreckt. Nachdem der Geburtstagskuchen hereingebracht worden war, und der Großvater unter Protest die Kerzen ausgepus-tet hatte, saßen alle mit vollen Mägen im Wohnzimmer.

»Und jetzt kann uns Fritz ein paar Lieder spielen, auf dem Klavier«, sagte der Jubilar.

»Ach, Opa, ich habe schon ewig nicht mehr gespielt. Du willst doch nicht, dass ich mich blamiere.«

»Heute ist mein Geburtstag und du hättest üben müssen.«

Maria sprang dem Großvater zur Seite. »Ja, Federico, spiel uns ein Lied.«

Also stand Friedrich auf und setzte sich an den Flügel. Selbstverständlich hatten die Steinfels' eines der imposan-ten Tasteninstrumente im Salon stehen. Er spielte zuerst ein paar Kinderlieder und »Happy birthday«, doch dann folgte etwas Klassisches. Es klang wunderbar. Becky ärgerte sich, dass sie so wenig Ahnung von Musik hatte. Ihre Mutter liebte Pop- und Rockmusik und Klassik war ihrer Meinung nach etwas für tote Leute. Wie sich ihre Mutter irrte. Sie konnte ihre Augen nicht von Friedrich nehmen.

Männer, die Instrumente spielten, hatte sie schon immer unglaublich sexy gefunden.

Becky bemerkte, dass Stefano zu ihr hinübersah. Aber irgendwie war ihr das nun unangenehm. Am Ende des Stückes klatschten alle.

»Und wie fandest du es?«, fragte Stefano an Becky gerichtet.

»Sehr gut«, antwortete sie.

»Und weißt du, was er gespielt hat?«, fragte er frech.

Sie runzelte die Stirn. »Ist das hier eine Aufnahmeprüfung?«

»Stefano, nicht alle müssen Klassik mögen«, meinte Maria und es klang fast mitfühlend.

»Bei dem schlechten Spiel kann man das Stück ja gar nicht erkennen«, rettete Friedrich die Situation und alle lachten höflich.

Danach wollte irgendwie kein gutes Gespräch mehr aufkommen. Becky war erleichtert, als sich die Gesellschaft endlich auflöste, da Großvater Steinfels ein Mittagsschläfchen halten wollte.

»Deine Freundin zu spielen ist ein sehr anstrengender Job«, sagte Becky, als sie wieder im Zimmer waren.

»Das tut mir leid. Weißt du was, nimm deinen Mantel und dann erholen wir uns ein wenig von der Gesellschaft.«

Becky nickte zustimmend und kurz darauf verließen sie das Haus und gingen zum Auto.

»Wohin fahren wir?«, fragte Becky.

»An einen schönen Ort«, war die knappe Antwort.

Sie fuhren zehn oder fünfzehn Minuten über eine Landstraße, bis Friedrich auf einem Hügel anhielt. Als sie ausstiegen, war außer ihnen weit und breit niemand zu sehen. Es war ein wunderschöner Tag und trotz der Kälte schien die Sonne. Alles war weiß und man konnte von diesem

Hügel aus bis hin zu den verschneiten Weinbergen sehen. Sie gingen eine Weile am Waldrand vorbei, ab und zu sprang ein Hase über das Feld neben ihnen. Sie sagten nichts und genossen einfach nur die Stille.

Dann fragte Friedrich plötzlich: »Lust auf Nachtisch?«

»Was gibt es denn?«

»Ich habe im Angebot ein paar Gummibärchen oder einen Schokoriegel.«

»Dann den Schokoriegel.«

Er gab ihr einen Schokoriegel und aß selbst auch einen. Wieder sagten sie nichts. Becky merkte, wie die Spannung nachließ.

»Das war eine gute Idee«, sagte sie.

»Das freut mich. Mit meiner Familie hält man es nicht lange aus. Vor allem Stefano benimmt sich komisch. Diesmal ist es besonders schlimm.«

Sie nutzte die Gelegenheit, um ihn etwas zu fragen, was ihr schon lange unter den Nägeln brannte.

»Warum gibt es eigentlich diese Spannungen zwischen dir und deinem Bruder?«

Er seufzte. »Ach, das. Das ist eine lange Geschichte. Es fing damit an, dass er mein Vertrauen aufs Tiefste gebrochen hat.

Das waren erstaunlich harte und auch ein wenig melodramatische Worte. »Wie das?«, fragte Becky.

»Na ja«, jetzt lachte Friedrich kurz auf. »Wie immer. Es ging um eine Frau.«

»Hat er dir die Freundin weggeschnappt?«

Stefano hatte etwas Ähnliches erzählt, nur war es bei ihm umgekehrt gewesen.

Friedrich entgegnete zunächst nichts. Dann sagte er: »Schwamm drüber, das ist schon so lange her. Und ich bin danach zu meiner ersten Weltreise aufgebrochen. Seither haben wir uns so selten gesehen, jeder hat sein eigenes Leben gelebt ... es gab gar keine Zeit, uns auszusöhnen.«

»Hm, aber wenn du so verletzt warst wegen einer Frau ... dann scheinst du früher doch noch an die große Liebe geglaubt zu haben.«

Er winkte ab. »Das ist, wie gesagt, schon sehr lange her.« Dann zwinkerte er ihr zu. »Komm, lass uns weitergehen.«

Er nahm sie ganz selbstverständlich an der Hand und so gingen sie weiter. Dabei hatte Becky das Verlangen sich an ihn zu kuscheln. Vielleicht, weil es so kalt war, sagte sie zu sich selbst.

Bald kamen sie an einen Bach. Die Brücke war morsch gewesen und abgerissen worden und nur die Pfeiler erinnerten noch daran, dass der Weg hier vor kurzem noch weitergeführt hatte. Der Bach war zwar schmal, doch immer noch breit genug, dass Becky in ihren niedrigen Lederstiefeln nicht darüber hinwegspringen konnte. Sie hatte ja nicht ahnen können, dass sich ein Waldspaziergang ergeben würde, als sie ihre Tasche gepackt hatte.

»Tja, da hilft nur eins«, meinte Friedrich, nahm sie kurzentschlossen hoch, machte einen großen Schritt und trug sie über das Wasser.

Es fühlte sich schön an, von den starken Männerhänden gehalten zu werden. Becky musste lachen. Auf der anderen Seite, als ihre Füße wieder den Boden berührten, lachte sie immer noch.

»Du bist leicht wie eine Feder«, sagte Friedrich.

»Na ja, so leicht nun auch wieder nicht.«

Er schaute sie einen Moment an, ohne etwas zu sagen. Dann gingen sie weiter, und als sie an einem unendlichen Feld vorbeikamen und überall der unberührte weiße

Schnee lag, hatte Becky einen spontanen Impuls. Sie nahm etwas Schnee und formte ihn zu einer Kugel, während Friedrich weiterging.

»Aufgepasst, Herr Steinfels«, sagte sie, bevor er wusste, was vor sich ging.

Friedrich drehte sich um und die Schneekugel flog auf seine Schulter. Er war überrascht. Spitzbübisch sagte Becky: »Upps.«

Doch die Überraschung hielt nur kurz. Schnell nahm Friedrich eine Handvoll Schnee, presste ihn und warf ihn in ihre Richtung. Der Schneeball traf sie am Arm.

»Na ja, das geht aber besser«, frotzelte sie.

Sie hatte schon mehrere Bälle vorbereitet und bewarf ihn hintereinander.

»Das ist Angriff aus dem Hinterhalt«, sagte er und erwiderte das Feuer.

Becky fühlte sich wie in der vierten Klasse. Ach, war das Leben damals unbeschwert gewesen! Plötzlich traf sie eine Kugel direkt im Gesicht.

»Aua«, rief sie und bedeckte ihr Gesicht mit den Händen.

Sofort kam Friedrich zu ihr gerannt.

»Bist du verletzt?«

»Ja«, sagte sie, und ehe er sich versah, warf sie ihm eine Ladung Schnee aus nächster Nähe ins Gesicht.

Jetzt warf er sie zu Boden und hielt ihre Hände fest. Beide lachten laut. Dann schaute er sie nur noch an. Becky wünschte sich, dass er sie küssen würde.

Seine Lippen wanderten in ihre Richtung, doch dann befreite er ihr Gesicht lediglich vom Schnee.

Becky spürte die Enttäuschung und versuchte sie zu verdrängen. Sie wusste nicht, warum ihr dieser Mann auf einmal so gut gefiel. Stefano war doch ihr Traummann.

Doch dieser verblasste immer mehr. Sie empfand kaum noch etwas für ihn, wenn sie an ihn dachte. Wie konnte das sein? Vielleicht, weil er sie immer in Bezug auf seine Familie belogen hatte und sich ihrer schämte? Oder weil ihr jetzt klar wurde, dass er es nie wirklich ernst gemeint hatte?

KAPITEL 14

Weder Friedrich noch sie sprachen auf dem Rückweg. Schneller, als ihr lieb war, kamen sie am Auto an.

»Das war ein schöner Ausflug«, sagte Friedrich, als sie zurückfuhren.

»Stimmt.«

Sie sah ihn an.

»Aber das mit dem Werfen müssen wir noch üben«, sagte er.

»Wir?«

Er nickte.

»Ich wusste nicht, dass du so sportlich bist«, meinte Becky.

»Ich habe früher Handball gespielt und tatsächlich gehofft, Profi zu werden.«

»Ist das nicht ein Volkssport?«

»Das sagte meine Mutter auch immer. Ich konnte mich aber nicht für Golf begeistern. Vor allem diese Verunstaltung des Bodens. Auf einem Golfplatz kann man hundert Jahre kein Feld mehr anlegen.«

»Bist du auch noch Umweltaktivist?«

»Ich habe tatsächlich mal ein Praktikum bei Greenpeace absolviert.«

Dieser Friedrich war wirklich ein stilles, aber tiefes Wasser.

»Warum bist du kein Handballer geworden?«

»Tja, ich hatte nicht genug Talent.«

»Ich wollte auch mal Balletttänzerin werden. Hatte aber keine Lust auf die vielen Proben als Teenager.«

Er lächelte. »Dann hätte ich dich auf der Bühne bewundern können.«

Sie zuckte mit den Achseln.

»Es ist schön, mit dir Zeit zu verbringen«, sagte er, als sie bereits in die Auffahrt zum Anwesen einbogen.

Becky wurde unwillkürlich rot.

»Du bist so anders, als die Menschen, mit denen ich sonst zu tun habe, wenn ich nach Deutschland komme. Mit dir kann man sich gut unterhalten. Der Ausflug war wirklich schön.«

»Fand ich auch«, erwiderte Becky mit belegter Stimme.

Nachdem sie das Gebäude betreten hatten, gingen sie in die Bibliothek. Diese war leer. Becky nahm die Tageszeitung und begann darin zu blättern.

»Ich schau mal nach dem Feuer im Wohnzimmer«, sagte Friedrich.

Kaum war er gegangen, betrat Stefano den Raum. Er sagte nichts, sondern setzte sich direkt neben sie.

»Seit wann interessierst du dich für Regionalzeitungen?«, fragte er.

»Schon immer. Du kennst mich eben nicht gut.«

»Wenn du dich rächen wolltest, es ist dir gelungen, und wenn du mich heißmachen wolltest, ist dir auch das gelungen.«

Sobald er das gesagt hatte, rückte er näher an sie heran.

Er trug ihren Lieblingsduft und Becky wurde immer schwach bei guten Gerüchen. Ein Essen konnte noch so schlecht schmecken, wenn es gut roch, lief ihr das Wasser im Mund zusammen. Doch sie erinnerte sich, dass ihre Nase ihr in letzter Zeit nicht viel Glück gebracht hatte.

»Ach, Stefano, du verstehst nichts. Du hättest mir vorher erklären sollen, warum du mich nicht dabei haben willst. Ich hätte nie herausgefunden, was für ein Idiot du wirklich bist, wenn ich nicht mit Friedrich hergekommen wäre.«

»Wie oft soll ich dir noch sagen, dass ich Maria nur wegen Großvater mitgenommen habe.«

»Genau, du hast sie mitgenommen.«

»Nicht schon wieder.«

In diesem Moment wurden sie unterbrochen. Friedrich kam herein.

»Ihr könnt gerne weiter diskutieren.«

»Nein, wir waren schon fertig«, sagte Becky und stand auf. »Ich lege mich kurz hin.«

Oben angekommen zog sie ihre Schuhe und die Hose aus und legte sich auf das Bett. Als Ablenkung schaltete sie den Fernseher an. Nur noch einen Tag aushalten. Doch wie sollte jetzt der Alltag im Büro weitergehen? Das waren viel zu anstrengende Fragen. Während sie noch darüber nachdachte, schlief sie ein.

Als sie aufwachte, hörte sie, dass Friedrich gerade im Bad war. Heraus kam er in einem sehr gut sitzenden Anzug mit Krawatte.

»Hab ich etwas verschlafen?«

»Nein, nein, Großvater hat spontan entschieden, dass wir gemeinsam in die Oper gehen.«

»Ich habe nichts anzuziehen für die Oper«, sagte Becky entsetzt.

»Dann fahren wir noch schnell in einen Laden und besorgen dir etwas. Zum Glück ist Samstag.«

Ich hasse diese Familie, dachte Becky.

»Ich kenne eine Boutique gar nicht so weit von hier. Dort kaufe ich ab und an Anzüge. Wir sind zwar hier auf dem Land, aber die reichen Bauern und Touristen kaufen gerne in der Gegend ein.«

Während Becky sich im Bad kurz frischmachte, kündigte

Friedrich bereits telefonisch ihren Besuch in dem Laden an. Dort angekommen merkte Becky schon an den Auslagen, dass diese ihr Budget überstiegen.

Als ob er gewusst hätte, dass ich lange Roben liebe, dachte sie.

»Ich weiß nicht, das ist alles sehr teuer«, sagte sie zögernd.

»Mach dir keine Gedanken, das geht aufs Haus.«

Alles für den guten Eindruck, sagte sie sich und sie traten ein. Im Geschäft empfing sie eine freundliche Dame Mitte fünfzig.

»Herr Steinfels, schön Sie wieder in unserem Haus zu sehen. Das ist die junge Dame?«, fragte sie und gab Becky die Hand.

»Das ist sie. Was können Sie uns für einen Opernbesuch anbieten?«

»Bei dieser Figur hätten wir Einiges zur Auswahl«, sagte die Dame freundlich und forderte die beiden auf, ihr zu folgen. »Wie wäre es mit diesem Traum in Stahlblau oder dieser roten Robe?«, fragte sie und zeigte auf zwei Kleider.

Rebekka versuchte zu erkennen, wie viel sie kosteten. Doch das stand nicht auf den Schildern. Das blaue gefiel ihr. Auch Friedrich schien davon angetan zu sein. Es war ein schlichtes langes Kleid mit kurzen Ärmeln und Becky musste dabei an Audrey Hepburn denken. Das rote Kleid war eher sexy und ihre Mutter hätte ihr sicher dazu geraten, doch Friedrich deutete auf das blaue.

»Darin siehst du sicher klassisch schön aus«, sagte er.

Klassisch schön – so etwas hatte sie noch nie von einem Mann gehört.

Voller Vorfreude nahm sie das Kleid und ging zur Umkleide. Nachdem sie sich umgezogen hatte, präsentierte sie sich Friedrich und der Verkäuferin.

»Wunderschön!«, meinte die Dame.

Friedrich strahlte sie an. Dann schaute er auf die Uhr. »Gefällt es dir?«

Sie nickte.

»Wir nehmen es«, sagte er. »Rebekka, lass es am besten gleich an, es ist schon spät.« Und an die Verkäuferin gewandt fragte er: »Haben Sie noch dazu passende Schuhe?«

»Natürlich.«

Irgendwie fühlte sich Becky gerade wie *Pretty Woman*. Okay, bis auf den Beruf.

Kurz darauf stieg sie in dem Kleid und den neuen Schuhen ins Auto. Zurück im Steinfels-Anwesen drehte sie sich einmal vor dem Spiegel. Was für ein Kleid! Dann schminkte sie sich und machte sich die Haare.

»Wow«, sagte Friedrich, als sie aus dem Badezimmer trat. *So muss sich Cinderella gefühlt haben*, dachte sie.

Noch besser ging es ihr, als sie im Erdgeschoss dem überraschten Stefano mit seiner Begleitung über den Weg lief. Maria sah auch hübsch aus in ihrem kleinen Schwarzen, aber sie selbst fühlte sich schöner.

»Meine Damen, Sie sind eine Augenweide«, sagte Herr Steinfels, als sie ins Wohnzimmer kamen, wo sie noch eine Kleinigkeit zu sich nahmen.

Nun warteten sie nur noch auf den Großvater. Er kam erst etwa dreißig Minuten später mit Johana die Treppe hinunter.

In der Oper lief Carmen. Das Stück kannte Becky zum Glück aus dem Fernsehen. Sie bereute es, nie vorher in einer Oper gewesen zu sein, abgesehen mal von Schule, aber damals als vierzehnjährige Schülerin hatte sie Boygroups viel cooler gefunden. Während der Vorstellung saß Friedrich mit ernster Miene neben ihr und sagte nichts. In der Pause holte er ihr einen Sekt.

Die Familie stand im Eingangsbereich zusammen. Als Friedrich mit den Getränken zurückkam, erhob Maria das Wort.

»Gut, jetzt, wo wir alle beisammen sind, haben wir noch etwas zu verkünden. Nicht wahr, Stefano?«, sagte sie.

»Äh«, meinte dieser nur.

»Was denn?«, fragte Maria ihn und boxte ihn in die Seite. Scheinbar wollte sie, dass er nun das Wort ergriff.

»Ja, äh, das wollten wir schon lange erzählen, aber«, stammelte er.

»Nun sag schon, Junge. Meine Blase ist nicht mehr die jüngste«, warf der Großvater ein.

Stefano druckste weiter herum und verlagerte sein Gewicht von einem Bein auf das andere. Schließlich überwand er sich.

»Wir ... äh, wir heiraten«, sagte er.

Becky fiel vor Schreck beinahe das Sektglas aus der Hand. Entschuldigend blickte Stefano zu ihr hinüber. Sie starrte zurück und hoffte, dass Blicke doch töten könnten.

»Eigentlich wollten wir es heute beim Abendessen in aller Ruhe verkünden«, sagte Maria. »Aber da wir nun stattdessen in der Oper sind – übrigens eine großartige Idee, Opi – nutzen wir diese feierliche Atmosphäre.«

Alle waren sprachlos. Herr Steinfels rang sich ein Lächeln ab. Nur Stefanos Mutter schien begeistert zu sein.

»Also, die Überraschung ist euch gelungen«, sagte sie.

Frau Steinfels ging zu Maria, nahm sie in den Arm und drückte ihr je einen Kuss links und rechts auf die Wange. Es war eindeutig, dass sie Maria für die perfekte Schwiegertochter hielt, die sie sich immer gewünscht hatte.

»Geht es dir nicht gut?«, fragte Friedrich und sah Becky an.

»Äh, ja, mir ist irgendwie schlecht.«

Wie lange ging das schon mit den beiden, fragte sich Becky. Man verkündete doch nicht nach zwei Tagen seine Verlobung. Dieses Schwein!

Stefano wandte den Blick von ihr ab. Mit den Augen auf den Boden gerichtet, sagte er: »Und, Opa? Wie findest du es, dass ich endlich sesshaft werde?«

»Ich glaube, mir ist auch schlecht«, antwortete dieser. »Friedrich, mein Junge, du und das junge Ding könnt mich ja nach Hause fahren, die anderen sollen sich noch amüsieren.«

Maria war das wohl nicht unrecht, sie schien gar nicht zu bemerken, dass sich kaum jemand mit ihnen freute. Stefano sagte nichts.

»Was für ein Wahnsinn«, murmelte der Großvater, als sie losfuhren. »Jetzt heiratet mein Enkel eine Frau, die ihm nichts bedeutet. Und wofür?«

Becky sah, wie Valentin den Kopf schüttelte, als sie in den Rückspiegel sah. Die Worte des Großvaters klangen irgendwie mitfühlend, dachte Becky. So, als interessiere ihn das Glück seines Enkels doch, auch wenn er es sonst nicht zeigte. Doch bevor sie Valentin darauf ansprechen konnte, hörte sie ein lautes Schnarchen. Becky sah wieder in den Spiegel. Der alte Herr war eingeschlafen. In der Villa angekommen, brachte Johana ihn in sein Zimmer und Friedrich half ihr, ihn ins Bett zu bringen.

Becky ging ins Wohnzimmer und blickte auf den Garten, der von einigen Lampen angestrahlt wurde.

Als Friedrich hereinkam, fragte er: »Dir geht es wirklich nicht gut, oder?«

»Doch, doch, ich möchte nur nicht dieses wunderschöne Kleid schon wieder ausziehen.«

»Der Abend ist noch nicht zu Ende. Hier gibt es zum Glück noch ein paar Getränke, und Musik haben wir auch.«

Er holte eine Flasche Rotwein und Gläser.

»Ich bin auch noch etwas durcheinander«, sagte er, während er einschenkte. »Mein Bruder hat dieses Heirats-Manöver bestimmt nur eingefädelt, um mich beim Erbe auszustechen. Aber ich wollte ja gar nicht mehr an das Erbe denken, vielleicht ist das genau die richtige Kur für mich. Nur für Stefano tut es mir leid, wenn er wirklich eine Frau heiratet, die er nicht liebt. Aber wer weiß, vielleicht tut er das ja.«

Wenn dem so war, war er auf jeden Fall nicht sehr treu, dachte Becky.

Einen Moment hing jeder seinen eigenen Gedanken nach, dann sagte Friedrich: »Lass uns heute nicht mehr darüber reden und stattdessen den Abend genießen.«

Er hob das Glas und stieß mit ihr an. »Auf uns!« Dabei schauten sie sich in die Augen und Becky fühlte ein Kribbeln in ihrem Bauch.

Rasch blickte sie zum Klavier. »Hättest du nicht Lust etwas zu spielen?«

»Wie – jetzt?«, fragte er überrascht.

»Klar. So ein bisschen Hintergrundmusik als Ausklang des Abends.«

Er ging an das Klavier und begann zu spielen. Sie lehnte sich an den Flügel und lauschte der Musik, nippte an ihrem Glas und fühlte sich wieder besser. An Stefano wollte sie keinen Gedanken mehr verschwenden. Diese falsche Schlange!

Friedrich zog sie so unglaublich an, während er die Tasten berührte. Alles wirkte so erotisch an ihm. War das der

Wein? Sie nahm noch einen Schluck, um die Gedanken zu vergessen. Dann setzte sie sich neben ihn.

»Ich habe nie Klavier gespielt«, sagte sie.

Er sah zu ihr. »Es ist nicht schwer.«

Sie lachte auf. »Klar.«

Er nahm ihre Hände, um sie über die Tasten zu führen, und sie durchströmte ein Schauer. Wie ein kleiner Stromschlag. Sie schaute ihn an und fürchtete sich zu verlieren in seinem Blick, der so ernst war, aber auch anziehend.

Plötzlich stand Friedrich auf und forderte sie zum Tanz auf.

»Ohne Musik?«, fragte sie.

Er nahm eine Fernbedienung und drückte einen Knopf. Der CD-Player sprang an.

»Hattest du das geplant?«, fragte sie.

Er sagte nichts, lächelte nur. Dann legte er seinen Arm um ihre Schulter, nahm ihre Hand und begann sie zu führen.

»Ich fühle mich wie eine Prinzessin.«

Sie wusste nicht, wie ihr geschah. Auf einmal fand sie seine Lippen auf ihren wieder. Das war sogar besser als der Wein.

Becky erwiderte seinen Kuss. Sie war überrascht, dass dieser Mann, den sie anfangs so uninteressant und unsympathisch gefunden hatte, solch eine Tiefe besaß. Ihre Küsse wurden immer leidenschaftlicher.

Er sah ernst aus, doch seine Augen hatten ein ganz besonderes Leuchten, wie er sie jetzt durchdringend ansah. Sie konnte kaum stehen, ihre Beine wurden schwach, doch er hielt sie fest. In seine Arme konnte sie sich fallen lassen. Friedrich küsste ihre Schultern und sie bekam Gänsehaut. Plötzlich packte er sie und trug sie die Treppe hoch in ihr Zimmer. Währenddessen küsste er sie immer wieder. Becky fühlte sich so geborgen in seinen starken Händen.

Sobald die Tür hinter ihnen ins Schloss gefallen war, begann er behutsam ihr Kleid zu öffnen. Er öffnete langsam den Reißverschluss und es fiel zu Boden.

»Es tut mir leid, dass ich es dir ausziehe«, flüsterte er.

Sie lächelte. »Ist okay.«

»Du bist so unglaublich schön. Es raubt mir den Atem«, sagte er und sie küsste ihn.

Dabei schloss sie die Augen und wusste nicht mehr, ob sie den Rest träumte oder ob alles genau so geschah.

KAPITEL 15

Als sie die Augen öffnete, schien die Sonne durch das Fenster herein und sie lag in Friedrichs Armen. Er war bereits wach und beobachtete sie.

»Guten Morgen, Prinzessin.«

Sie lächelte und schaute sich um. Sie lagen in seinem Bett. Sie lugte unter die Decke und sah, dass sie beide nackt waren. Langsam kamen die Erinnerungen an die letzte Nacht zurück. Es war also kein Traum gewesen. Ein leichter Schauer überkam sie. Sie hatte sich in ihren Chef verliebt.

Konnte das sein? In diesen arroganten steifen Typ, der nicht an die Liebe glaubte? Aber so war er ja gar nicht. Neben ihr lag ein liebevoller und warmherziger Mann, der letzte Nacht vor allem eines gewesen war. Leidenschaftlich.

»Ich hole schnell Holz für den Kamin und dann gibt es ein leckeres Frühstück.«

»Okay«, erwiderte sie, immer noch verwirrt.

Während er sich anzog, fragte sie: »Was machen wir jetzt?«

Er drehte sich um. »Warum?«

»Na, so war das ja nicht geplant.«

»Dann ist das Spiel zur Realität geworden. Das passiert auch bei den besten Schauspielern«, erwiderte er und ging aus dem Zimmer.

Becky blieb noch einen Moment im Bett, dann stand sie auch auf. Da klopfte es an der Tür.

Was hat er jetzt für eine Überraschung?, fragte sie sich. Als sie die Tür aufmachte, stand aber nicht Friedrich dort, sondern Stefano. Er drängte sich ins Zimmer.

»Spinnst du?«

»Er ist nicht da. Ich hab ihn gesehen, wie er Holz hackt«, sagte Stefano.

»Verschwinde aus meinem Zimmer!«

»Aus deinem Zimmer?«, Stefano war für einen Moment sprachlos. »Hast du etwa schon mit ihm geschlafen?«

»Verschwinde, Stefano.«

»Aber ich kann nicht ohne dich, ich kann nicht.«

Er machte einen Schritt auf sie zu und versuchte sie zu küssen. Sie schob ihn weg.

»Sag mal, spinnst du?«

»Ich weiß, dass es nur ein Spiel ist mit dir und Friedrich. Du hast gewonnen«, sagte er.

»Hast du sie noch alle? Du hast mich belogen und jetzt heiratest du Maria! Wie lange geht das mit euch beiden schon?«

Er seufzte.

»Lass es mich erklären, Amore. Es stimmt, ich habe mich ein paar Mal mit ihr getroffen. Aber das ist doch nur wegen dem Erbe. Großvater hält mich für einen Herumtreiber ... ich musste etwas unternehmen ...«

»Du hättest mich vorstellen können!«

»Aber Opa ist so speziell, du hast es ja gesehen ...«

»Sag mal, hörst du dir eigentlich zu, was du da redest? Du geldgeiler Arsch! Du willst eine Ehefrau aus gutem Haus zum Repräsentieren und mich als Gespielin?«

»Oh, Amore! Ich sage die Hochzeit ab. Nachher erzähle ich es allen beim Frühstück. Dieses Wochenende hat mir die Augen geöffnet. Ich kann keine Sekunde ohne dich sein. Du machst mich so heiß, wenn du neben meinem Bruder stehst ...«

»Ja, aber nur, weil du mich in diesem Moment nicht haben kannst! Du bist wie ein kleiner Bub, dem man das

Spielzeug weggenommen hat. Du bist erbärmlich! Und heiraten wolltest du mich in Wirklichkeit nie!«

»Bitte verzeih mir! Gib mir bitte noch eine Chance. Jetzt weiß ich erst, was ich an dir habe«, sagte er und nahm sie in die Arme.

In diesem Moment ging die Tür auf und Friedrich stand im Raum.

»Was soll das?«, fragte er.

Becky gab Stefano eine Ohrfeige.

»Hat er dir etwas getan?«, fragte Friedrich.

Sie schüttelte den Kopf.

»Was heißt getan? Wir treiben es schon seit einem halben Jahr miteinander! Das mit dir ist nur ein Spiel, um mich heißzumachen«, sagte Stefano.

Friedrich schaute sie an. Es dauerte einen Moment, bis er verarbeitet hatte, was sein Bruder gerade gesagt hatte.

»Dein Freund ist – Stefano?«, fragte er schließlich.

Becky blickte zu Boden.

»Er war mein Freund«, flüsterte sie fast.

»Aber ...«, rief Stefano.

»Geh bitte«, sagte Becky.

»Was heißt hier *geh*? Ich erkläre allen, dass es nur ein Witz war mit Maria. Zwischen ihr und mir ist doch noch gar nichts gelaufen. Nur ein paar Küsse. Komm schon.«

»Geh«, sagte Becky noch einmal und begann zu weinen.

»Los, komm, sag meinem Bruder endlich die Wahrheit. Sag ihm, wie schön und leidenschaftlich unsere Liebe ist«, forderte Stefano sie auf.

»Stefano, mach die Fliege«, unterbrach Friedrich ihn barsch.

Stefano grummelte etwas Unverständliches, aber dann verließ er den Raum und knallte die Tür zu. Friedrich hielt immer noch ein Tablett mit Kaffee, Tee und Brötchen in den Händen. Er legte es ab.

»Es tut mir leid«, sagte Becky.

»Also hast du mich nur benutzt, um in seiner Nähe zu sein.«

»Es tut mir leid«, wiederholte sie kraftlos.

»Nein, mir tut es leid. War überhaupt etwas von dem, was in den letzten zwei Tagen passiert ist, wahr?«

»Natürlich, was denkst du von mir«, sagte sie mit zitternder Stimme. Sie standen sich einige Momente schweigend gegenüber. Friedrich schien zu überlegen.

»Ich werde den anderen sagen, dass du abreisen musstest, wegen eines Todesfalls in der Familie«, sagte er plötzlich. »Deinen Lohn wirst du selbstverständlich bekommen.«

Sie unterbrach ihn. »Das letzte Nacht hatte nichts mit dem Auftrag zu tun.«

»Klar«, sagte er. »Das war ein Ausrutscher. Wir vergessen am besten alles.«

Seine Stimme war kalt und verriet keinerlei Gefühle. Der Mann, in den sie sich verliebt hatte, hätte nie so mit ihr geredet. Becky liefen Tränen die Wangen runter. Warum zerbrach gerade alles?

»Ich hab verstanden. Ich packe meine Sachen. Kannst du mich dann wenigstens alleine lassen?«

Er nickte und verließ das Zimmer. Die Tränen flossen ununterbrochen, während sie ihre wenigen Sachen zusammenpackte. Sie sah das schöne Abendkleid auf dem Boden liegen, dort wo Friedrich es ihr ausgezogen hatte. Sie ließ es dort liegen, es gehörte ihr nicht. Die Trauer verwandelte sich schnell zur Wut auf Stefano. Doch sie war auch selbst schuld an der ganzen wirren Situation.

Becky nahm ihre Tasche und ging, ohne mit jemandem zu sprechen, aus dem Haus. In der Eingangshalle sah sie die

Pralinenschachtel, die sie als Geschenk mitgebracht hatte, auf einer Kommode liegen, immer noch ungeöffnet. Wenn niemand in diesem Haus ihr Präsent zu schätzen wusste, dann würde sie es eben wieder mitnehmen, dachte sie und klemmte kurzentschlossen die Schachtel unter ihren Arm.

Dann trat sie vor die Tür. Es hatte begonnen zu schneien. Normalerweise hätte sich Becky vielleicht über die glitzernde Winterpracht gefreut. Doch jetzt war sie blind dafür. Ihr Märchen war abrupt zu Ende gegangen und der Prinz hatte sie aus dem Schloss hinausgeworfen. Sie trug ihr Gepäck den langen Weg zum Tor. Sie wollte nur weg. Niemand lief ihr hinterher. Sie hätte es sich vielleicht gewünscht, dass Friedrich ihr folgte. Oder wenigstens Stefano. Doch so waren wohl alle Männer, egal, ob höflich oder charmant. Wenn es ernst wurde, gingen sie jeglicher Konfrontation aus dem Weg und kümmerten sich nur noch um ihren gebrochenen Stolz.

KAPITEL 16

Becky lief die Straße entlang. Sie kämpfte sich durch den Schnee und die Kälte, bis sie irgendwann eine Haltestelle fand. Doch der nächste Bus fuhr erst in einer knappen Stunde. Zum Kotzen!

Mit den Männern bin ich durch, dachte sie. Von der Familie Steinfels hatte sie die Nase voll. Übermorgen würde sie wieder arbeiten müssen und sie liebte doch ihren Job. Aber wie sollte sie mit Friedrich je wieder zusammenarbeiten? Oder mit Stefano? Ihre ganzen Anstrengungen waren umsonst gewesen.

Becky war so traurig, dass sie freiwillig ihre Mutter anrief, um ihr Herz auszuschütten.

»Hallo Schatzi. Wie geht es dir? Wie geht es Stefano?«

Bei der Erwähnung von Stefanos Namen begann Becky zu weinen.

»Schatzi, hat er dich verletzt?«

Sie nickte. Obwohl ihre Mutter sie nicht sehen konnte, verstand sie.

»Oh, Baby, dieses reiche Arschloch. Mami hat dich aber lieb.«

Ihre Mutter behandelte sie immer noch wie ein kleines Mädchen, doch es tat irgendwie gut.

»Wir sind ja übermorgen wieder da. Es wird alles gut.«

»Nein, Mama, es ist ja noch schlimmer.«

Sie erzählte ihrer Mutter, was passiert war.

»Schatzi, da hast du dich aber ganz schon in die Schei... also na, du weißt schon katapultiert.«

Jetzt fing Becky wieder an zu weinen.

»Ich muss aber schon fragen, liebst du jetzt den Stefano oder den Friedrich?«

»Meinen Chef. Stefano ist ein feiges Schwein.«

Ihre Mutter kicherte plötzlich.

»Warum lachst du jetzt, Mama?«

»Entschuldige Schatzi, aber dein Vater hat mir eine Massage im Kurhotel spendiert und die kitzeln mich so. Ahahhahah.«

»Mama, lass uns auflegen.«

»Entschuldige Schatzi, bin wieder da. Ja, also du liebst deinen Chef, aber hast ihn eigentlich mit Stefano betrogen.«

»Hab ich nicht.«

»So denkt er aber.«

»Hm.«

»Also, ich würde mir 'ne neue Arbeit und einen neuen Freund suchen. Du brauchst jetzt unbedingt Abstand.«

»Super, Mama, danke für den tollen Tipp.«

»Aber du kannst doch dort nicht mehr arbeiten.«

»Ich liebe meinen Job, Mama. Wo sonst habe ich solche Aufstiegschancen. Natürlich bleibe ich dort. Ich lege jetzt auf.«

»Aber warte, wir sind doch noch nicht fertig.

»Ciao, Mama«, sagte Becky und beendete das Gespräch.

Dann nahm sie sich eine der Pralinen. *Bittersweet Symphony*. Das passte ja. Sie biss ab und seufzte. Immerhin, die Pralinen schmeckten fantastisch. Wenigstens auf Schokolade konnte man sich verlassen.

Kurz darauf erhielt sie eine SMS von Stefano: »Entschuldige, ich habe überreagiert. Ich liebe dich. Wo bist du? Ich mache mir Sorgen um dich.« Sie löschte die Nachricht. Sie konnte nicht glauben, dass sie mal mit diesem Mann eine Familie hatte gründen wollen. Die Gefühle für ihn waren einfach weg, ganz anders als bei Friedrich. Der Gedanke an ihn verursachte ihr gleichzeitig ein Flattern im Bauch und Magenschmerzen.

Sie hätte ihm sagen müssen, wer ihr Freund war. Aber andererseits hatte sie nicht wissen können, dass sich zwischen ihnen etwas entwickeln würde. Also war nicht nur sie die Böse. Woher nahm er überhaupt das Recht, auf dem hohen Ross zu sitzen und einfach über sie zu urteilen? Er war es doch immer, der darüber redete, dass man in der Liebe nicht auf große Gefühle, sondern auf vernünftige Erwartungshaltungen und einen ruhigen Dialog setzen müsse. Doch als es ernst geworden war, hatte er sie gar nichts erklären lassen und sie einfach nur angeschwiegen.

Langsam wurde es richtig kalt. Becky merkte, wie die Kälte durch ihre viel zu dünnen Stiefel kroch. Ob der Bus in dem dichter werdenden Schneefall überhaupt sehen würde, dass sie an der Haltestelle stand? Sie erhob sich und ging auf und ab. Plötzlich blitzte es silbern im Schneegestöber. Ein Auto tauchte am Ende der Straße auf, das erste, seit sie an der Haltestelle angekommen war. Becky brauchte nicht lange, um die verchromte Stoßstange, die hohen schmalen Lichter und den Kühler wieder zu erkennen. Es war der 300SE-Coupé von Valentin Steinfels. Hatte Stefano den Oldtimer seines Großvaters gestohlen, um sie zu suchen, weil sie seine SMS ignoriert hatte? Bei dem ganzen Schnee war nur schwer auszumachen, wer am Steuer saß. Aber Becky legte sich schon einmal die richtigen Worte zurecht, um Stefano die Meinung zu geigen, falls er es war. Ein kleiner Fleck in ihrem Herzen hoffte, dass es Friedrich war.

Gemächlich rollte das Museumsstück zur Haltestelle und kam neben ihr zum Stehen. Es war nicht Stefano. Und auch nicht Friedrich.

»Herr Steinfels?«, sagte sie erstaunt, als der Großvater das Fenster herunterließ. Er saß ganz allein im Auto.

»Ach, nenn' mich Valentin«, erwiderte er und zwinkerte ihr lässig zu.

Becky sah ihn irritiert an.

»Na was, denn? Bist du schon festgefroren oder steigst du endlich ein? Bis der Bus kommt, bist du ein Eiszapfen.«

Ohne ein Wort zu sagen, stieg sie auf der Beifahrerseite ein.

»Sie fahren noch selbst Auto?«, fragte sie, nachdem sie sich angeschnallt hatte.

»Ich habe doch gesagt, du sollst mich duzen.«

Er sprach schon wieder so preußisch schnittig, sie wagte nicht zu widersprechen. »Äh, Entschuldigung ... Valentin.«

»Na, geht doch. Ich bin zwar schon lang nicht mehr selbst gefahren, aber ich habe das Autofahren bestimmt noch nicht verlernt.«

Er startete den Motor. Becky hielt sich sicherheitshalber am Griff über der Tür fest. Doch Valentin rollte gemächlich mit dreißig Kilometern pro Stunde voran.

»Wissen die anderen Familienmitglieder denn, dass Sie, äh, dass du alleine unterwegs bist?«, fragte Becky.

»Nein, die sind mit sich selbst beschäftigt. Allesamt Spießer.«

»Aber sie werden sich bestimmt Sorgen machen.«

»Ha«, er lachte auf. »Sorgen machen die sich nur um ihr Erbe. Aber ich hatte Angst um dich, nachdem ich Friedrich aus der Nase gekitzelt hatte, warum er dich vor die Tür gesetzt hat.«

»Oh«, sagte sie und blickte auf ihre Füße.

»Willst du auch nur das Erbe? «

Jetzt wurde Becky wütend. »Was habt ihr nur mit diesem Scheißerbe? Als ob es das Einzige auf der Welt wäre.«

Jetzt strahlte er.

»Du bist wie meine Elfie.«

Wer war Elfie?

»Die hatte es auch faustdick hinter den Ohren.«

Von wem sprach der alte Mann?

»Du scheinst meine Enkelsöhne ja ziemlich durcheinandergebracht zu haben. Ist die Liebe für dich nur ein Spiel?«

»Für mich bestimmt nicht, aber frag doch mal deine Enkelsöhne.«

»Männer sind einfach das schwächere Geschlecht. Allen voran meine zwei Trottel. Meine Schwiegertochter hat sie zu sehr verhätschelt. Typisch italienische Mutti. Die wissen gar nicht, was sie wollen.« Dann wurde er plötzlich ernst: »Und was willst du?«

»Ich möchte das haben, was meine Eltern haben.«

Das sagte sie etwas zu laut. Becky spürte, wie die Anspannung der letzten Tage zu einem Kurzschluss führte. Aber irgendwie tat es gut, darüber zu sprechen.

»Gut«, sagte der Großvater.

Hatte sie richtig gehört? Er fand »gut«, was sie sagte?

»Du musst Stefan verzeihen, im Grunde ist er ein kleiner Junge, der allen gefallen möchte.«

»Vor allem seinem Großvater«, fügte sie ironisch hinzu.

»Er hat eine Schwäche für schöne Frauen.«

Becky runzelte die Stirn. »Vielleicht hat er das ja von seinem Großvater.«

Valentin lachte. »Mag sein. Aber ich brauche Nachwuchs für das Unternehmen, das ich gegründet habe, und da bringt mir ein Playboy in der Erblinie nichts. Stefan wird nie so lange mit einer Frau zusammen sein, bis sie bereit ist, mit ihm eine Familie zu gründen.«

»Deswegen bist du so kritisch den Frauen gegenüber, die er mitbringt?«, fragte Becky.

»Ja. Hätte er mal früher eine Frau wie dich nach Hause gebracht. Ich verstehe nicht, wie er denken konnte, dass er mich mit dieser Maria beeindrucken könnte? Wobei – wie ich Stefan kenne, wollte er sich mit Maria alle Optionen offen lassen.«

»Wie meinst du das?«

»Na ja, ihre Familie hat Geld. Da ist er auf jeden Fall auf der sicheren Seite, wenn er seinen teuren Lebensstil weiter finanzieren will. Was für eine Enttäuschung, der Junge.«

Wow, dachte Becky. Was für harte Worte. War Stefano wirklich so ein Scheißkerl?

»Ich habe mein Vermögen noch mit dem Schweiß meiner Hände verdient. Aber gut ...«, sagte der Großvater.

Er machte eine kurze Pause.

»Außerdem, ich heiße Valentin, also muss ich doch wenigstens ein bisschen von Romantik verstehen, meinst du nicht?«

Sie lächelte.

»Weißt du, woher die Legende des Valentinstags stammt?«

Becky schüttelte den Kopf.

»Valentin war im dritten Jahrhundert der Bischof von Terni, einer Stadt im Römischen Reich. Er hat Paare getraut, selbst wenn der Mann in der Armee war. Dabei hatte der Kaiser verboten, dass seine Soldaten heirateten. Er machte sich wohl Sorgen um die Truppenmoral. Valentin hat sich auch sonst für die Liebenden eingesetzt. Wollte ein Paar aus Liebe heiraten, nicht aus wirtschaftlichen oder gesellschaftlichen Gründen, dann redete er den Eltern so lange zu, bis sie einwilligten.«

»Netter Kerl.«

»Ja. Und man sagt auch, dass er einen Blumengarten bewirtschaftete und den Paaren zur Hochzeit seine eigenen

Blumen schenkte. Ist das nicht auch dein Metier, Rebekka? Du wolltest doch auch einmal Floristin werden.«

»Daran erinnerst du dich? Ja, das stimmt. Aber finanziell bringt das leider nichts ein.«

»Tja. Was machst du eigentlich jetzt beruflich?«, fragte Valentin. »Du willst doch nicht weiter mit Friedrich und Stefan zusammenarbeiten.«

»Keine Ahnung.«

»Ach, im schlimmsten Fall arbeitest du für mich. Ich möchte noch einmal für einige Monate auf eine letzte Weltreise gehen. Johana wird mich zwar als Pflegerin begleiten, aber sie kann leider nicht einmal Englisch. Wenn alle Stricke reißen, heuere ich dich als meine persönliche Assistentin an«, er lachte. »Ich zahle gut.«

Becky konnte gar nicht glauben, dass sie dieses Gespräch führte. Valentin überraschte und faszinierte sie. Er war jetzt überhaupt nicht mehr so herrisch, wie sie ihn zuvor eingeschätzt hatte. Es machte sogar Spaß, sich mit ihm zu unterhalten, wenn seine Familie nicht dabei war. Führte er sich in ihrer Gegenwart nur deshalb so pampig auf, weil es ihn störte, dass sie alle auf das Erbe schielten?

Was hatte sie schon zu verlieren? Friedrich hatte sie rausgeschmissen, ihren Job konnte sie sich in die Haare schmieren. Spontan sagte sie: »Okay, ich bin dabei!«

Valentin freute sich sichtlich.

»Du bist wie meine Elfie.«

»Wer ist denn eigentlich diese Elfie?«

»Elfie war meine Jugendliebe, doch ich habe sie nicht geheiratet. Sie war adelig und Adelige durften unsereinen nicht heiraten.«

»Das tut mir leid.«

»Mir auch, sie wollte dem Adel den Rücken kehren, doch ich hatte nicht genug Mumm. Das bereue ich bis heute. Stattdessen habe ich mal richtig Dampf abgelassen und einen neuen Dampfkessel erfunden und bin selbst reich geworden.«

Er zuckte mit den Achseln. Sie sah ihn einen Moment an.

»Damit wir klar sind, wen liebst du jetzt, Stefan oder Fritz?«, fragte er unvermittelt.

Sie schaute ihn entgeistert an. Dieser Mann war aber direkt.

»Ach, das mit Stefano war einfach ein großer Irrtum«, sagte sie dann.

Doch sie schaffte es nicht zu sagen, was sie für Friedrich empfand. Der Alte lächelte.

»Fritz also. Er ist ein guter Junge.«

Sie fuhren eine Weile, als er plötzlich abbog und anhielt.

»So jetzt essen wir mal etwas Anständiges und wärmen uns auf.«

»Bei McDonald's?«

»Ich habe Hunger«, entgegnete Valentin und stieg erstaunlich flott aus.

KAPITEL 17

»Benötigst du keinen Rollstuhl?«, fragte Becky, als sie dem Großvater über den Parkplatz folgte.

»Wenn es um kurze Strecken geht, schaffe ich das auch so. Nur wenn ich meine Familie besuche, nutze ich ihn immer, damit die Heuschrecken denken, ich mach's nicht mehr lange.«

Er hielt ihr seinen Arm hin und sie hakte sich unter. Im Restaurant bestellte sich Valentin eine Tüte Hähnchen-Nuggets und eine kleine Portion Pommes frites mit Ketchup. Rebekka begnügte sich mit einem Salat. Nachdem sie sich an einen Tisch gesetzt hatten, entschuldigte sie sich, um ins Bad zu gehen.

Als sie zurückkam, hielt Valentin ihr Handy in der Hand. Er sah auf.

»Ich finde dieses *Ei*-Phone besser«, sagte er.

»Du kennst dich mit Smartphones aus?«

»Na, man muss doch auf dem Laufenden bleiben. Meinst du, ich hätte ein Unternehmen mit zweihundert Mitarbeitern aus dem Nichts aufbauen können, wenn ich mich den neusten Entwicklungen verweigert hätte?«

Becky lachte. Sie plauderten noch ein bisschen über moderne Technik und über die besten Bewässerungsmethoden für Orchideen.

Irgendwann fragte sie: »Solltest du nicht wenigstens mal bei deiner Familie anrufen? Mittlerweile machen sie sich sicherlich echte Sorgen um dich.«

Der Großvater blickte auf und plötzlich fasste er sich an den Brustkorb.

»Mir ist auf einmal gar nicht gut«, sagte er und begann tief zu atmen.

»Valentin, was ist?«, fragte Becky panisch.

Es hatte ihr gerade noch gefehlt, dass der alte Steinfels in ihrer Anwesenheit starb.

»Ich rufe den Notarzt«, sagte sie und nahm ihr Telefon.

»Nein, nicht den Arzt. Ich will in Würde sterben«, widersprach er und hielt ihre Hand fest.

»Bei McDonald's?«, rief sie aus und merkte, dass Menschen neben ihnen stehen blieben. Zum Glück war es gerade sehr leer.

»Brauchen Sie Hilfe?«, hörte sie einen Angestellten fragen.

»Nein, kümmern Sie sich gefälligst um Ihren eigenen Kram.«

»Valentin, wenn dir etwas passiert, bin ich schuld, ich rufe jetzt den Krankenwagen.«

Sie wählte die Notruf-Nummer, während Valentin vor sich hin schimpfte.

»Verstehst du das Wort Nein nicht? Ich bin einfach alt und so etwas passiert eben.«

Becky hörte nicht auf ihn. Plötzlich tauchte wie aus dem Nichts Friedrich auf. Als Becky ihn sah, wurde sie ganz blass. War er ihr etwa gefolgt?

»Was machst du denn hier?«

»Wieso? Du hast mir doch gesimst, dass mein Opa hier einen Anfall hat!«

»Aber ich habe doch gar ...«, wollte sie sagen. Doch Valentin unterbrach sie, indem er mit einem besonders lauten Stöhnen an sein Herz griff.

Sofort lief Friedrich zu ihm und nahm seine Hand: »Opa, was ist passiert?«

»Nichts, ich konnte das arme Ding doch nicht alleine an der Bushaltestelle stehen lassen, während du dich im Selbstmitleid badest.«

»Ich glaube, er hat einen Herzinfarkt. Ich habe gerade einen Krankenwagen gerufen«, erklärte Becky.

»Danke«, sagte Friedrich und sah kurz zu ihr. Sein Blick war eisig.

»Ich habe gesagt, du sollst den Krankenwagen nicht holen. Vielleicht ist es jetzt an der Zeit zu gehen«, sagte Valentin.

Sie schauten ihn entgeistert an. Sagte das wirklich der lebenslustige Valentin von eben?

»Opa, jetzt sei doch nicht stur.«

»Ich stur? Stur bist du.«

»Wieso ich?«, fragte Friedrich.

»Du weißt, warum«, sagte Valentin und schaute zu Becky.

»Opa, das geht nur uns etwas an.«

In diesem Moment hielt der Krankenwagen vor der Tür. Zwei Männer in weiß-roten Anzügen stürmten in das Fast-Food-Restaurant. Einer schob eine Trage hinein.

»Wer will mitfahren?«, fragte einer der Sanitäter, als sie Valentin darauf legten.

»Ich bin der Enkel«, sagte Friedrich. »Ich komme mit.«

Becky stand daneben und wusste nicht, was sie machen sollte. Friedrich warf ihr wieder einen bösen Blick zu, also traute sie sich nicht den Mund aufzumachen, obwohl sie mitfahren wollte. Allerdings, zusammen mit Friedrich in den Krankenwagen gepfercht ... das wäre auch kein Vergnügen.

»Ich möchte, dass Rebekka mitkommt. Wir können sie nicht alleine hier lassen«, erklärte Valentin.

»Aber Opa ...«, sagte Friedrich.

Doch Valentin fiel ihm ins Wort: »Willst du mir widersprechen?«

Friedrich senkte die Augen.

133

»Dann aber mal schnell einsteigen«, sagte der Sanitäter und Becky folgte der Gruppe nach draußen.

Als sie im Krankenwagen saßen, fuhr dieser mit Blaulicht los. Der Sanitäter kontrollierte die Herzfrequenz von Valentin und schaute auf die vielen piepsenden Monitore. Becky saß neben Friedrich. Es war ganz schön eng in diesem Krankenwagen. Sie war nie zuvor in einem mitgefahren. Der Großvater hielt sich wieder die Brust.

»Ich sehe schon den Tunnel.«

Sein Enkel und Becky sahen sich besorgt an.

»Opa, du musst jetzt bei Bewusstsein bleiben«, beschwor ihn Friedrich. Er kniete bei der Trage, um möglichst nah bei seinem Großvater zu sein.

Becky liefen Tränen über das Gesicht. Dieser alte Mann konnte doch jetzt nicht sterben!

»Ach, jetzt muss ich sterben und werde nie sehen können, wie einer meiner Enkel die wahre Liebe erlebt.«

»Opa, mach dir keine Sorgen.«

»Keine Sorgen? Natürlich mache ich mir um dich Sorgen, du wirst alleine und unglücklich sterben.«

»Nein, ich bin doch nicht alleine. Und ich habe die wahre Liebe auch schon erlebt. Wenn auch nur sehr kurz.«

Becky horchte auf. Was sagte er da? Der große Skeptiker der Liebe sprach plötzlich davon, dass er die wahre Liebe erlebt hatte? Aber wahrscheinlich hätte er jetzt alles gesagt, um seinen halluzinierenden Großvater zu beruhigen.

»Der Tunnel rückt immer näher!«

Valentin schaute jetzt Friedrich durchdringend an und sagte bestimmt: »Küss sie.«

»Bitte?«, fragte Fritz entgeistert.

»Küss Rebekka. Bevor ich durch den Tunnel muss.«

Friedrich drehte sich zu Becky. Er schaute sie an. In seinen Augen stand eine unausgesprochene Frage. Sie weinte immer noch. In diesem Moment war ihr wirklich nicht nach Küssen zumute.

Nicht noch einmal schauspielern, damit andere glücklich sind, dachte sie nur. Doch sie nickte.

»Es ist für meinen Opa«, flüsterte er leise.

Dann küsste er sie. Der Kuss war zaghaft und beide versuchten, sich dabei so wenig wie möglich zu berühren. So mechanisch hatte sich für Becky ein Kuss zum letzten Mal in der sechsten Klasse angefühlt, als sie mit ihrer besten Freundin heimlich trainiert hatte.

»Kinder, was soll das denn sein? Ich will in dem Kuss meine zukünftigen Urenkel sehen.«

Der alte Herr verdrehte die Augen und hielt wieder die Hand ans Herz.

Friedrich sah Becky an. War es die Sorge um seinen Großvater oder hatte der erste Kuss zumindest eine gewisse Wirkung gehabt? In seinem Blick lag nichts mehr von der Kälte, die er noch in der McDonald's-Filiale gehabt hatte. Er küsste sie erneut, doch dieses Mal nahm er sie dabei in die Arme. Und je länger der Kuss dauerte, desto fester schien diese Umarmung zu werden. Becky fühlte plötzlich wie am Tag zuvor, wie sich eine Gänsehaut breitmachte. Sie hatte das Gefühl, jeden Moment in Ohnmacht zu fallen. Eigentlich hatte sie mit Friedrich abgeschlossen. Hatte sie nicht erst vorhin akzeptiert, dass dieser Mann nicht zu seinen Gefühlen stehen konnte? Doch dieser Kuss entfachte das Feuer, das versteckt in irgendeinem Teil ihres Herzens weitergebrannt hatte.

Sie wollte gerne aufhören, doch sie schaffte es nicht. Friedrich ging es wohl genauso. Er hielt sie fest. Überwältigt von ihrem Gefühl fuhr sie leidenschaftlich mit der Hand durch seine lockigen Haare. Ihr wurde mit einem Mal klar, dass sie diesen Mann nicht so einfach würde vergessen können. Wie ein Ertrinkender löste Friedrich schließlich seine Lippen von den ihren und sah ihr tief in die Augen. Becky glaubte, in diesem intensiven Blick zu ertrinken. Existierte der Rest der Welt überhaupt noch?

»Ich liebe dich«, flüsterte er schließlich.

Ein Klatschen holte sie in die Realität zurück.

»Oh, Kinder, das war schön«, rief Valentin aus.

Sie schauten ihn beide irritiert an. Der Großvater lag nicht mehr, sondern saß aufrecht da und atmete wieder ganz normal.

»Der Tunnel ist weg, hat zufällig jemand meine Chicken McNuggets mitgenommen?«, fragte er in die Runde.

Der Sanitäter lachte. »Und dafür fahren wir bei diesem Wetter raus?«, murmelte er und schüttelte amüsiert den Kopf.

»Valentin, was ist passiert?«

»Ach ‚Kinder, ich bin plötzlich genesen. Das muss wohl die Kraft eurer Liebe gewesen sein.«

Becky wurde Einiges klar. Weshalb sich der alte Herr so sehr für ihr Handy interessiert hatte, und weshalb Friedrich beim Herzinfarkt so schnell zur Stelle gewesen war. »Valentin du bist solch ein Idiot«, rief sie empört. Sie hatte sich solche Sorgen gemacht.

Friedrich sog zischend die Luft ein, doch sein Großvater lachte nur noch mehr. »Du redest wie meine Elfie«, sagte er.

Doch für Becky war das alles zu viel. Sie spürte noch, wie der Schwindel ihren Körper übermannte und ihr schwarz vor Augen wurde. Dann fiel sie in Ohnmacht.

Als sie die Augen aufmachte, hatte der Krankenwagen angehalten.

»Sie können sie gerne auf die Liege legen. Ich glaube, ich muss noch nicht sterben«, sagte Valentin Steinfels gerade.

Friedrich kniete direkt über ihr. »Geht es dir wieder besser?«

»Was ist passiert?«, fragte sie.

»Alles ist gut«, sagte Friedrich. »Kannst du aufstehen?«

Sie nickte und versuchte sich aufzurichten, doch ihre Beine waren weich wie Pudding.

»Sie können noch ein Weilchen im Wagen bleiben. Ihren Großvater bringen wir jetzt erstmal ins Krankenhaus zur Beobachtung«, sagte der Sanitäter.

»Aber das war bestimmt nur die Zigarre, die ich heute Morgen geraucht habe«, winkte Valentin ab.

Doch der Sanitäter führte ihn trotzdem aus dem Wagen.

Nachdem Becky versichert hatte, dass es ihr auch wieder gut ging, half ihr Friedrich beim Aussteigen. Sie setzten sich auf eine Bank.

Friedrich beugte sich zu ihr, nahm sie in seine starken Arme und küsste sie wieder.

Valentins Stimme nahm sie nur noch schwach aus dem Hintergrund wahr: »Geschafft. Ich habe meinem Namen alle Ehre gemacht. Vergesst die Blumen! So feiert man den Valentinstag!«

Danksagungen

Mein Dank gilt meinen großartigen Testleserinnen und -lesern – Sandra, Santiago, Felicitas, Christina und den Bloggern Franziska von *AefKays World of Books*, Christian von *bücherändernleben* und Ina von *Inas Little Bakery* – sowie meiner Lektorin Christiane.

Besonders danken möchte ich auch euch – den Leserinnen und Lesern. Für euch ist dieser Kurzroman entstanden. Wenn er euch gefallen hat, könnt ihr euch auf meiner Facebook-Seite über Neuerscheinungen und besondere Aktionen informieren:

https://www.facebook.com/pages/Ella-Wünsche-Autorin/636706949708975

Und natürlich freue ich mich auch, eure Meinung zu erfahren, zum Beispiel durch eine Rezension im Internet.

Eure Ella
autorin@ella-wuensche.de

Ebenfalls erschienen:

EINE (UN)MÖGLICHE LIEBE
Roman, 264 Seiten

Abenteuer, Leidenschaft und Erfolg als Reiseschriftstellerin – so hat sich Natalie ihr Leben einst erträumt. Doch kurz vor ihrem 40. Geburtstag hat sie nur einen langweiligen Job als Texterin bei einer Heizkörper-Firma vorzuweisen.

Dann lernt sie den fünfzehn Jahre jüngeren Jo kennen. Obwohl es zwischen den beiden sofort funkt, scheint der Altersunterschied eine unüberwindbare Hürde zu sein. Natalie entscheidet sich, ihr Leben endlich nicht mehr von den Männern diktieren zu lassen. Sie bricht aus ihren wohlgeordneten Bahnen aus und reist nach Kuba. Dort warten große Überraschungen auf sie … doch was nützen alle Abenteuer der Welt, wenn niemand da ist, mit dem man sie teilen kann?

Lesermeinungen:

»Mit Humor und etwas Tiefgang ist Ella Wünsche ein herrlicher Liebesroman gelungen«

– C. Döring

»Für alle, die eine schöne, leichte Lektüre suchen, kann ich dieses Buch sehr empfehlen!!«

– Perlentaucher